Seis años después
ANNA CLEARY

Editado por HARLEQUIN IBÉRICA, S.A.
Núñez de Balboa, 56
28001 Madrid

© 2009 Anna Cleary. Todos los derechos reservados.
SEIS AÑOS DESPUÉS, N.º 1850 - 25.4.12
Título original: At the Boss's Beck and Call
Publicada originalmente por Mills & Boon®, Ltd., Londres.

Todos los derechos están reservados incluidos los de reproducción, total o parcial. Esta edición ha sido publicada con permiso de Harlequin Enterprises II BV.
Todos los personajes de este libro son ficticios. Cualquier parecido con alguna persona, viva o muerta, es pura coincidencia.
® Harlequin, Harlequin Deseo y logotipo Harlequin son marcas registradas por Harlequin Books S.A.
® y ™ son marcas registradas por Harlequin Enterprises Limited y sus filiales, utilizadas con licencia. Las marcas que lleven ® están registradas en la Oficina Española de Patentes y Marcas y en otros países.

I.S.B.N.: 978-84-9010-887-1
Depósito legal: B-4523-2012
Editor responsable: Luis Pugni
Fotomecánica: M.T. Color & Diseño, S.L. Las Rozas (Madrid)
Impresión en Black print CPI (Barcelona)
Fecha impresion para Argentina: 22.10.12
Distribuidor exclusivo para España: LOGISTA
Distribuidor para México: CODIPLYRSA
Distribuidores para Argentina: interior, BERTRAN, S.A.C. Vélez Sársfield, 1950. Cap. Fed./ Buenos Aires y Gran Buenos Aires, VACCARO SÁNCHEZ y Cía, S.A.
Distribuidor para Chile: DISTRIBUIDORA ALFA, S.A.

Capítulo Uno

Sólo llegaba unos minutos tarde. No tenía que preocuparse.

Al bajarse del abarrotado autobús que la dejó en la bulliciosa George Street de Sídney una mañana de invierno y esperar para poder cruzar la calle, Lara Meadows se recordó a sí misma que era fuerte.

Era valiente y todavía guapa... Su cuerpo tenía unas bonitas curvas y su cabello una preciosa tonalidad dorada.

Se llevó la mano a la cicatriz que tenía en la parte de debajo de la nuca.

En realidad el aspecto físico no significaba nada en el mundo editorial. Lo realmente importante era que era inteligente y profesional, que era buena en su trabajo y que sabía defender sus ideas. No comprendió por qué estaba tan nerviosa...

Después de todo, Alessandro sólo era un hombre. Hacía seis años había sido extremadamente encantador, sofisticado y divertido. Tenía un brillante pelo negro, unos preciosos ojos oscuros, una sensual boca... Había sido arrebatadoramente guapo en él. Pero ella no había hecho nada de lo que debiera arrepentirse. Debía ser él el que estuviera preocupado.

Entró por las puertas de cristal del edificio Stiletto y se dirigió a toda prisa hacia los ascensores. No había nadie de su planta por allí. Seguramente todos se encontraban en la sala de conferencias, ansiosos por hacer creer a los jefes del otro lado del mundo que llegaban siempre puntuales. Ansiosos por impresionar a Alessandro.

Respiró profundamente. Había pretendido llegar a su hora, pero hacer trenzas llevaba su tiempo y a Vivi le gustaba que le quedaran perfectas. Después había tenido que llevarla andando al colegio... y no le había parecido justo apresurar a una niña de cinco años a la que le fascinaba todo lo que veía.

Se recordó a sí misma lo tolerante y fácil que había sido Alessandro. Seguro que era la última persona a la que nadie debía temer como jefe, a no ser... Repentinamente el miedo se apoderó de ella. A no ser que fuera alguien que no le había informado de algo que él podía considerar bastante importante en su vida...

Alessandro Vincenti aceptó la carpeta que le entregó la temblorosa secretaria y le dio las gracias a ésta. La mujer, empleada de Stiletto Publishing y seguramente temerosa de su futuro profesional, se dirigió hacia la puerta. Alessandro le dirigió lo que esperó fuera una sonrisa tranquilizadora. Nunca le había gustado intimidar a la gente amable.

Una vez que la mujer se hubo marchado, se echó para atrás en la silla de cuero en la que estaba sentado y abrió la carpeta. Recordó que los australianos podían ser gente interesante, aunque un poco singulares.

Forzándose a familiarizarse con el personal de la empresa, ojeó las fichas de los empleados de los distintos departamentos... si es que podía llamárseles de aquella manera. No comprendió qué habían hecho los responsables de Stiletto antes de aquel debacle.

Cuando había ojeado más o menos la mitad de las fichas, le llamó la atención un nombre. Un nombre que lo alteró por completo y que le hizo revivir ciertos sentimientos que había creído enterrados, un nombre que le recordaba plácidas tardes en las playas, un precioso cabello rubio y el olor a hierba en verano. Le empezó a bullir la sangre en las venas...

¿Podía ser? ¿Realmente podía ser...?

–Umm... Beryl –dijo, llamando a la secretaria por el interfono–. Este L. Meadows... ¿quién es? –preguntó cuando la mujer entró en el despacho.

–Es una mujer, señor Vincenti. Lara Meadows. Lleva trabajando en Stiletto más o menos seis meses. Bill... quiero decir el señor Carmichael, nuestro director, me refiero a exdirector... tenía muy buena opinión de ella.

Alessandro sintió cómo le daba un vuelco el estómago. Se forzó a que la expresión de su cara no mostrara la gran impresión que sentía. Fingió interés en otros empleados de Scala Enterprises.

–¿Y éste quién es? –continuó preguntando como si

Lara Meadows nunca lo hubiera humillado, como si nunca le hubiera hecho sentir un torbellino de emociones–. ¿Y éste?

Le pareció increíble haber encontrado a Lara después de tantos años. Era impresionante que trabajara para la empresa que Scala Enterprises había decidido establecer como su punto de apoyo en el hemisferio sur. Frunció el ceño. Se quedó pensativo. El destino le había hecho coincidir de nuevo con su Larissa.

Pensó que seguramente estaría casada, aunque obviamente había mantenido su apellido de soltera tras la boda. Se habría casado con algún estúpido al que no le importara que lo humillaran.

No le extrañaba que Bill hubiera tenido tan buena opinión de ella. Se atrevía a sospechar que la atracción que sin duda había sentido por Lara había sido lo que le había llevado a la ruina...

La situación en la que se encontraba era muy irónica. Tanto si Lara había sido consciente de ello como si no, había habido un momento en el que había tenido su destino en sus manos. Y en aquel momento era él el que tenía el destino laboral de ella en las suyas...

La venganza, un plato que era mejor servir frío, siempre había sido la táctica favorita de su madre. Se planteó si seis años habrían sido suficientes para apagar el fuego que lo había consumido y que había terminado con su dignidad.

En realidad iba a ser muy interesante volver a verla, ver cómo estaba y cómo se enfrentaba a él.

***

Mientras Lara se miraba en el espejo del ascensor, pensó que Alessandro podría estar calvo o tener una gran barriga. Pero cuando comenzó a acercarse a la sala de conferencias, le temblaron las piernas. Tenía miedo. Aunque, a pesar de todo, estaba emocionada. La idea de volver a verlo la tenía muy alterada.

Se planteó si el italiano la recordaría con la misma intensidad que ella lo recordaba a él. Por lo que le habían contado de su vida, tal vez ni siquiera la recordara. Era todo un playboy.

Se detuvo en la puerta de la sala de conferencias e intentó tranquilizarse, pero le resultó imposible.

Había conocido a Alessandro hacía seis años, cuando había ofrecido su primera y única conferencia internacional acerca de uno de sus libros. El acto se había celebrado en Sídney ya que la editorial para la que trabajaba en aquel momento no había tenido dinero para ofrecer la conferencia en el exterior. Había sido su primera conferencia, su primer… todo.

En la fiesta que se había celebrado había habido una gran conexión entre ambos y a ello habían seguido unos días maravillosos. Habían dado largos paseos, habían conversado acerca de literatura, música, Shakespeare… de todo lo que a ella le apasionaba.

Él se había negado a describirse a sí mismo como

italiano o más concretamente veneciano. Riéndose, le había dicho que era ciudadano del mundo y había mostrado un gran respeto ante las ideas que ella había expresado. Nunca antes se había sentido tan fascinada al conversar con nadie, tan emocionada, tan encantada. Y cuando había descubierto el origen del apellido de su acompañante...

Lo había buscado en internet y se había quedado impresionada. Alessandro se había mostrado renuente a contestar al bombardeo de preguntas que le había realizado, pero finalmente le había contado parte de la historia de su rama de los Vincenti venecianos. Sus antepasados habían sido marqueses desde los principios de la república veneciana. Y aquellos marqueses habían pertenecido a las familias nobles que habían elegido a cada *dux* que había gobernado el país.

Todos sus antepasados habían gozado del título de Marchese d´Isole Veneziane Minori.

Finalmente él, ante su insistencia, le había confesado que era el *marchese* de la familia en aquellos momentos. Era marqués, el Marchese d´Isole Veneziane Minori.

¡Se había quedado tan impresionada! Recordó el momento en el que Alessandro se lo había contado, durante la primera tarde que habían acudido a la playa. Recordó el bronceado cuerpo del italiano tumbado a su lado y la manera en la que la había mirado con aquellos preciosos ojos oscuros. Momentos después la había besado por primera vez. Por la noche habían cenado juntos y más tarde...

Incluso después de tantos años, al recordar el hotel Seasons sintió cómo un escalofrío le recorría por dentro. Si las paredes de aquella suite hubieran sido capaces de hablar…

La semana que había planeado pasar él en Australia se había convertido en dos, después en tres, y más tarde se alargó durante todo el verano hasta que ya no pudo seguir retrasando su regreso al Harvard Business School, el siguiente destino al que le enviaba su empresa.

La última vez que lo había visto subiendo por las escalerillas del avión había tenido la mirada empañada debido a las lágrimas, pero la promesa que le había hecho Alessandro le había ayudado a seguir adelante.

El pacto.

Como siempre le ocurría cuando pensaba en ello, sintió cómo le daba un vuelco el estómago. Habría mantenido su parte del pacto si hubiera podido, pero el destino se había interpuesto. Como una tonta, habría ido a recibirlo, por si acaso él había decidido regresar. Pero se habían desatado los incendios en los montes, había ocurrido lo de su padre, la angustiosa época que había pasado en el hospital. Y después… Después había sufrido una grave crisis de identidad.

Pero Alessandro no sabía nada de aquello. Reunió todo su coraje y abrió la puerta de la sala de conferencias.

La sala parecía estar repleta. Stiletto no tenía tantos miembros en su plantilla, sólo seis en la editorial, más dos asistentes a tiempo parcial, pero era extraño verlos a todos reunidos. Junto con el personal de publicidad y los encargados de ventas y producción, sumaban casi veinte personas. Divisó una silla vacía y se apresuró a sentarse tan silenciosamente como pudo. Todo el mundo estaba muy atento. En ausencia de Bill, Cinta, la encargada de ventas y marketing, se había ofrecido a representar a la empresa. Más sinuosa que nunca vestida con un ceñido traje, estaba dando un caluroso discurso de bienvenida al nuevo equipo que iba a dirigirles.

Alessandro...

Al verlo, se le aceleró el corazón. Estaba sentado a un lado del atril junto a la que Cinta presentó como Donatuila Capelli, una sofisticada ejecutiva de Scala de Nueva York.

Deseó que Alessandro no se hubiera percatado de que había llegado tarde y se alegró de haber decidido arreglarse, aunque las botas que llevaba la estaban matando...

Durante unos segundos Alessandro se quedó paralizado, tras lo que respiró profundamente para intentar tranquilizarse. Era ella. La mujer que había llegado tarde era Lara Meadows. El mismo pelo rubio que recordaba, aunque mucho más largo, su gracia, su esbelta figura... Ninguna otra mujer que hubiera entrado jamás en una sala había tenido aquel efecto sobre él.

Se giró levemente hacia la derecha y observó cómo Lara cruzaba las piernas al relajarse en la silla. Las largas y hermosas piernas que recordaba estaban parcialmente cubiertas por botas que lograban captar la atención en sus suaves rodillas. Sexy, muy sexy. Sintió cómo su compostura profesional se veía alterada y cómo se excitaba.

Ella había tenido el descaro de llegar tarde. No sabía qué era el respeto.

Lara giró la cabeza y vio una perfecta mano apoyada en una rodilla. Sabía que si giraba la cabeza aún más podría ver la cara de Alessandro. Lo hizo y vio que él estaba frunciendo el ceño mientras miraba al suelo. Incluso desde aquella distancia podía ver claramente que seguía manteniendo las mismas densas y oscuras pestañas y que conservaba la belleza de sus clásicas facciones.

Parecía más serio de lo que había esperado, pero ante algo que Donatuila Capelli dijo levantó la mirada y esbozó una educada sonrisa, sonrisa que provocó que ella sintiera que todos los músculos de su cuerpo se alteraban. Observó que seguía teniendo los mismos maravillosos ojos, tan expresivos y sofisticados como hacía seis años.

Ignorando que tenía el pulso acelerado, se quedó sentada muy rígida en su silla. Alessandro no le afectaba. Había dejado de hacerlo hacía mucho tiempo... Era el hombre que se había despedido de ella con un beso para después casarse con otra persona. Pero cuando él se levantó y dio un pequeño discurso con su preciosa voz con acento italiano, recordó por qué se había enamorado de él, recordó por qué había perdido la cabeza de aquella manera.

Se preguntó si la habría visto...

Alessandro miró a las personas reunidas en la sala de conferencias, pero evitó la última fila y a la rubia que había dejado una profunda huella en su alma.

En circunstancias normales era un administrador muy tolerante. Cuando le enviaban para hacerse cargo de la adquisición de una empresa y lograr que volviera a ser competente, lo que acostumbraba hacer era asegurarles a los empleados su puesto de trabajo, ofrecerles un aumento de sueldo y una mejora en sus condiciones de trabajo.

Pero desafortunadamente había algunas situaciones en la vida en las que un hombre se veía obligado a demostrar su autoridad. Aquella actitud irreverente que tenían algunos australianos, aquella tranquilidad, debía ser analizada. Y la arrogancia que habían mostrado algunos empleados de aquella triste empresa debía desaparecer por completo. Iba a hacerles temblar un poco mientras les mostraba la frágil situación en la que se encontraban.

No iba a haber peleles trabajando para Scala Enterprises.

–Prepárense para algunos cambios importantes.

Al principio Lara apenas oyó las palabras que atemorizaron por completo a sus colegas. En la sala se respiraba cierta tensión, pero estaba demasiado absorta analizando a su examante como para darse cuenta de nada. Cuando lo miró a la cara se sintió embargada por una dolorosa sensación y tuvo que forzarse a contener las lágrimas. Su corazón estaba muy comprometido con él.

El Alessandro que tenía delante era incluso más

sexy que el que había coqueteado con ella y le había hecho sentir la mujer más sexy del mundo tantos años atrás. Si juzgaba el buen aspecto que tenía era obvio que cuidaba mucho su alta figura. Calculó que tendría alrededor de treinta y cinco años, mientras que ella tenía sólo veintisiete. Era todo un hombre de negocios que parecía estar mucho más centrado que cuando lo había conocido.

Era todo un *marchese*.

Uno cuyo dulce tono de voz podía dejar clara la dura realidad.

Dejó de prestarle atención a su sexy acento italiano y se concentró en las palabras que estaba diciendo. Con cada frase que añadía saltaba una alarma, que creaba un gran impacto a los presentes en la sala, cuya preocupación se hacía palpable. Incluso la serena Donatuila lo miró en varias ocasiones con el ceño fruncido.

–Han fracasado como empresa –acusó él en un momento dado–. Y yo pretendo rescatarlos, por muy doloroso que pueda llegar a ser. A finales de la semana que viene la señora Capelli y yo acudiremos a la Convención Internacional del Libro, en Bangkok, como delegados. Antes de marcharnos habremos reorganizado Stiletto Publishing. Entonces estarán en el camino de transformar una empresa aislada en una importante compañía parte de una organización global. Obviamente todos requerirán cierta reeducación. Algunos incluso deberán emplear su tiempo libre.

Una gran inquietud se apoderó de los presentes,

pero Alessandro continuó hablando con una inexorable tranquilidad.

–Cada proyecto editorial será analizado con microscopio, así como también lo será cada empleo. De aquéllos que mantengan su puesto de trabajo espero dedicación. Así mismo se espera lo mejor de las personas que forman parte de Scala Enterprises. Y esto se aplica a todo: a los proyectos personales, a los plazos que hay que cumplir, a la puntualidad… Y me refiero a la puntualidad en todos los aspectos: a la llegada al trabajo, al regresar de los descansos, al asistir a reuniones…

Sintiéndose muy culpable, Lara se echó para atrás en la silla mientras observaba como él miraba a cada empleado a la cara. Cuando posó sus ojos en ella, muy acalorada, no sintió ningún cambio en su expresión. Parecía no haberla reconocido. Parecía no querer verla.

–Creo que debería advertirles… –añadió Alessandro con una letal suavidad– no soporto la impuntualidad. No me gusta que me hagan esperar. En Scala no se permite la debilidad humana. Exigimos que nuestros empleados cumplan con sus obligaciones. Durante los siguientes días la señora Capelli y yo nos veremos con cada uno de ustedes. Prepárense para defender el derecho a mantener sus puestos de trabajo.

Los empleados de Stiletto Publishing se quedaron muy impresionados ante aquello. A continuación Alessandro les agradeció a todos su atención y les pidió que se marcharan.

Lara se levantó y se dirigió a la puerta de la sala junto a sus compañeros. Pero una vez fuera se detuvo al plantearse si no debía hablar con Alessandro, si no debía romper el hielo. Volvió a entrar en la sala de conferencias, pero él ya se había marchado, sin duda con mucha prisa de empezar la sangría. Vaciló durante un segundo. Se planteó si sería inteligente interrumpirle en aquel momento. Parecía tan eficiente y distante que quizá no fuera la mejor ocasión para reavivar su antigua relación. Aunque tal vez fuera útil por lo menos informarle de su presencia. Lo último que quería era darle la impresión de que estaba nerviosa por algo.

Pensando en aquello y con el pulso muy acelerado, se dirigió al que había sido el despacho de Bill. La puerta estaba cerrada, probablemente por primera vez en su historia. Se quedó allí de pie durante unos segundos mientras respiraba profundamente. Era una mujer valiente, fuerte. Era madre.

Ignorando lo acelerado que tenía el corazón, levantó el puño y llamó. Estaba a punto de intentarlo de nuevo cuando Donatuila apareció por una esquina y se acercó a ella a toda prisa.

–¿Quieres algo? –le preguntó, dirigiéndole una fría mirada.

–He… he venido a ver a Alessandro.

–Para ti el señor Vincenti, cariño. ¿Cómo te llamas?

–Lara –contestó ella, indicando la puerta del despacho–. ¿Está él…?

–No, no está –la interrumpió Donatuila–. Y te sugiero que vuelvas a tu mesa y esperes tu turno. El señor Vincenti te recibirá, al igual que a todo el mundo –añadió justo antes de abrir la puerta del despacho y entrar dentro.

Lara observó cómo cerraba la puerta prácticamente en su cara y sintió cierta indignación. Se planteó que tal vez había sido un error intentar hablar con Alessandro en privado.

Estaba a punto de marcharse cuando la puerta se abrió de nuevo y Alessandro salió del despacho. La miró fijamente a los ojos.

Aturdida, ella pensó que había olvidado lo bien que olía. Su masculina fragancia la embargó.

–Oh, Alessandro –dijo–. Simplemente pensé en venir a... saludarte.

Algo brilló en los ojos de él, que durante una fracción de segundo esbozó una mueca. Entonces se echó a un lado y le indicó que entrara al despacho.

Al entrar, Lara vio que habían colocado otro escritorio junto al de Bill, que era enorme. Donatuila Capelli estaba sentada allí mientras analizaba una gruesa carpeta.

Alessandro la miró y sujetó la puerta abierta.

–Tuila, por favor, discúlpanos. Tardaremos un segundo.

Donatuila se marchó entonces del despacho, no sin antes dirigirle la Lara una abrasadora mirada.

Él cerró la puerta y ambos se quedaron a solas. De nuevo.

Lara había olvidado lo intensamente magnético que era el italiano. Era algo más profundo que sus preciosos ojos oscuros y dura belleza masculina. Tenía algo que la atraía de manera visceral.

Debía controlarse ya que Alessandro estaba casado. Pero su cuerpo no comprendía razones. Sus sentidos, sus instintos, su parte más femenina se sentían extremadamente atraídos hacia él. Sabía que no podía esperar que la besara, había pasado mucho tiempo y estaba casado, pero cada célula de su cuerpo estaba deseando lanzarse a sus brazos.

–¿Sí? –preguntó entonces Alessandro con una fría cortesía–. ¿Necesitas algo?

Ansiosa, ella realizó un movimiento involuntario para tocarlo. Consternada, vio como él apartaba la mano... discreta pero firmemente.

–Te-te acuerdas de mí, ¿verdad? Lara...

–Vagamente. Nos conocimos en la Convención Internacional del Libro, aquí en Sídney, ¿no es así? –respondió Alessandro, mirándola con frialdad a los ojos para a continuación comprobar la hora en su reloj–. ¿Puedo ayudarte? ¿Quieres algo en particular?

Impresionada, ella se quedó mirándolo fijamente durante un momento, tras lo que negó con la cabeza.

–Bueno, no. Sólo quería... saludarte.

–Realmente no tengo tiempo para recordar viejos tiempos –contestó él, exasperado–. Estoy seguro de que lo comprendes... tenemos una agenda muy apretada. Así que... a no ser que haya algo específico...

–No, no hay nada específico –respondió Lara,

impactada–. Nada que merezca la pena mencionar. Si-siento mucho haber interrumpido tu trabajo.

Se marchó de aquel despacho esbozando una fría y orgullosa sonrisa... aunque nunca antes se había sentido más humillada.

Una vez a solas en su despacho, Alessandro pensó que Lara se había merecido aquel rechazo. No comprendía cómo había tenido la poca vergüenza de presentarse en su despacho y reclamarlo como amigo. Pero se preguntó por qué tenía que parecer tan...

Le dio un vuelco el estómago. Era simplemente una rubia más. El mundo estaba repleto de rubias bellas. Aunque si no... si no la hubiera mirado a los ojos...

Capítulo Dos

En el despacho de Lara, sus compañeros estaban muy agitados.
—¡Que no se permite la debilidad humana! ¿Lo habéis oído? ¡Vaya estupidez!
—¿Habéis visto sus ojos? ¿Cómo puede ser alguien tan caliente y heladoramente frío al mismo tiempo?
—Caliente, cruel y despiadado. Sólo tenéis que mirarle la boca. Oh... —comentó una joven del despacho— esa boca...

Lara se sentó en silencio en su escritorio mientras los demás intercambiaban opiniones. Intentó asimilar que el nuevo y frío Alessandro no sentía nada por ella, ni siquiera amistad. Aun así, se sentía ridículamente afectada ante todo lo que decían de él.

—Supongo que debíamos haber esperado algo así —dijo Kirsten, la jefa del despacho—. Scala no es precisamente una empresa dedicada a la caridad. Tal vez incluso nos venga bien un poco de organización. Y supongo que todos podemos defender nuestros puestos, ¿no os parece? Y, de todas maneras, ese tipo no estará por aquí mucho tiempo. No podrá descubrir nuestros encantos.

Lara intentó con todas sus fuerzas que la expresión de su cara no revelara nada. ¿Qué dirían sus compañeros si descubrieran que Alessandro ya había descubierto sus encantos? Recordaba aquella suite del Seasons como uno de los lugares sagrados de Sídney.

Jamás olvidaría la última tarde que habían pasado juntos.

Antes de haber conocido a Alessandro, jamás había estado en un hotel realmente caro. Él se había alojado en una preciosa suite con unas vistas espectaculares a la bahía. Ella había temido el amanecer de aquel día con cada poro de su cuerpo. Había sido el más bonito y el más duro. Cada segundo había sido precioso y cada momento agridulce. El adiós había estado demasiado cerca.

Había hecho todo lo que había podido para ocultar lo angustiada que estaba. Después de comer Alessandro la había llevado a su habitación; le había dicho que para reflexionar sobre las cosas.

Allí había servido champán y habían brindado.

Antes de que ella hubiera podido beberse su copa, él se la había quitado de las manos con delicadeza y la había dejado sobre una mesa. Entonces la había mirado a los ojos con intensidad, tras lo que la había comenzado a desnudar. Una vez desnuda, la había llevado a su cama...

Había sido maravilloso. Tan sincero y conmovedor. Fue uno de sus encuentros sexuales más apasionados. Después, tumbada a su lado en la cama mientras le acariciaba en cuerpo con ternura, reunió todo su coraje.

–Sabes, Alessandro... –había comenzado a decir con voz temblorosa– te echaré de menos. Desearía que no tuvieras que marcharte.

Él había guardado silencio durante lo que pareció una eternidad.

–Tengo que marcharme –había dicho finalmente con un profundo tono de voz–. Yo también he estado pensando, tesoro, y quería proponerte algo. ¿Por qué no vienes conmigo?

–¿Qué? –había contestado Lara, impresionada–. ¿Te refieres a... América?

–Claro, a América, ¿por qué no? Te encantaría. Es sólo por unos meses. Cuando termine el semestre regreso a Italia. Y puedes venir a casa conmigo.

Ella no respondió de inmediato. Pensó en sus padres, en su trabajo, en el hecho de que se embarcaría en una gran aventura con un hombre que apenas conocía. Le resultó emocionante y aterrador al mismo tiempo.

–Seríamos... una pareja –había añadido Alessandro.

Emocionada, Lara había pensado que había encontrado al hombre de su vida. Un hombre increíblemente bello y fantástico. Un hombre culto con el que podía hablar. Un hombre con el que podía compartir los secretos de su alma.

Pero su parte racional le había hecho plantearse qué tipo de compromiso estaba ofreciendo realmente él y qué habría querido decir con la palabra pareja. ¿Amantes? ¿Compañeros?

–Vaya –había contestado–. Eso sería... maravilloso. Estoy abrumada, sinceramente, Alessandro. Me siento honrada.

–Honrada –había repetido él con un extraño brillo reflejado en los ojos.

Ella se había angustiado al pensar que lo había herido.

–¿Es ésta tu manera de decir que no, tesoro? –había preguntado Alessandro con una gran dignidad.

–No, no –se había apresurado Lara a asegurar–. En absoluto. Es sólo que... Bueno, ya sabes... ha sido tan... repentino. Necesito unos minutos para asimilarlo. Pero... espera. No tengo pasaporte –añadió, aliviada ante aquella perfecta excusa para retrasar su decisión.

Pero él frunció el ceño y negó con la cabeza como si aquel pequeño obstáculo no supusiera ningún problema en el mundo civilizado del que procedía.

–Puedo cambiar mi vuelo –sugirió–. Podemos organizarlo para que tengas el pasaporte en veinticuatro horas.

En aquel momento a ella se le ocurrió la idea del pacto. La prueba de amor.

–Está bien. No, espera. Mira, tengo una idea... Alessandro, cariño... –dijo. Jamás se había referido a él de aquella manera–. Todo ha ocurrido muy rápido. Tal vez... tal vez deberíamos darnos la oportunidad de estar seguros de que estamos haciendo lo correcto.

–¿No estás segura de querer estar conmigo? –respondió él.

–Lo estoy. Claro que sí. Pero me gustaría tener un poco de tiempo para organizarme. Ya sabes, tendría que despedirme de mi madre y de mi padre… y avisar en el trabajo. Y quizá tú también tengas que pensar en ello. Si nos damos un poco de tiempo para pensar… podríamos hacer algo como lo que hicieron en aquella película. ¿Has visto alguna vez *Algo para recordar*, con Cary Grant y Deborah Kerr?

Alessandro no había visto aquel clásico ni le entusiasmaba la idea de separarse de Lara unas semanas. Pero, con reservas, había accedido.

Ella había sido muy joven y había creído sinceramente que era lo correcto. Lo inteligente. Si su *marchese* se hubiera encontrado con ella en lo alto del Centrepoint Tower de Sídney seis semanas después, se habría sentido como en el cielo.

Pero tristemente había resultado que su instinto había sido acertado.

Aunque ella hubiera sido capaz de llegar al Centrepoint Tower a las cuatro de la tarde de aquel fatídico miércoles, Alessandro no habría estado allí. Y lo sabía porque había descubierto que durante todo el tiempo que había estado seduciéndola, su novia había estado en Italia preparando la boda de ambos.

Había averiguado todo aquello después. Pero en ocasiones sentía cierto desasosiego al pensar que tal vez él había volado hasta Sídney sólo para descubrir que ella no se había presentado a su cita. Aunque siempre racionalizaba su miedo y se aseguraba a sí misma que no lo habría hecho. Cuando había visto la noticia de su boda en la revista que había estado ojeando en la consulta del doctor, el mundo se le había venido encima y se había dado cuenta de lo tonta que había sido; había estado ansiosa por acudir a su cita con Alessandro en la torre y lo habría hecho si no hubiera sido por el cruel destino...

–Oye, cariño, despierta –dijo Josh, el compañero que tenía justo enfrente–. ¿Qué crees que quiso decir con eso de que tal vez tengamos que emplear nuestro tiempo libre?

–¡De ninguna manera lo haré! –espetó Lara–. ¿Qué pasaría con Vivi?

–No tienes que preocuparte. Dile que tienes una pequeña boca que alimentar y él mirará tus grandes ojos azules y se derretirá. A los italianos les encantan los niños.

–¿Tú crees? –respondió ella, sintiendo que se alteraba por dentro–. ¿Dónde has oído eso?

–Es cierto. Los italianos verdaderos, los que son de Italia, sienten adoración por la familia. Lo sé porque leí un artículo al respecto el mes pasado en *Alpha* –explicó Josh.

Lara también había leído aquello sobre los italianos. El espanto que les causaban las familias rotas y que los niños crecieran sin ambos progenitores.

Se planteó si le hablaría a Alessandro de Vivi. Sabía que él tenía derecho a conocer la existencia de su hija, pero le asustaba mucho la posibilidad de que fuera uno de aquellos hombres que robaban a sus hijos y se los llevaban del país. Su pequeña Vivi no era ningún árbol que poder trasplantar a Londres o

Venecia. Tenía cinco años y todo lo que conocía era Newtown, su abuela, su colegio, el parque...

Tras la reacción que Alessandro había tenido ante ella aquella mañana, tenía que decidir qué contarle y cómo hacerlo.

Las entrevistas comenzaron tras el descanso matutino y la gente salía del despacho de los nuevos gerentes con expresión de preocupación, indignados por algo que había dicho Donatuila o comentando lo siniestro que era Alessandro. Lo aterrador que era. Lo guapo que era.

–Oh, Dios mío, ¿has visto sus ojos? –dijo alguien, susurrando–. Tiene unas pestañas larguísimas.

–Y su voz –respondió otra persona–. Ese acento. Es como de Londres mezclado con italiano, ¿verdad?

–No es un acento ordinario italiano. Es siciliano.

En un momento dado comenzó a correr el rumor de que David, de finanzas, había sido despedido. Lara esperó el momento de su entrevista muy angustiada, contemplando las cosas que le diría al extraño que era el padre de su hija...

Beryl asomó la cabeza por la puerta del despacho de Alessandro.

–Perdóneme, señor Vincenti, los constructores han llegado.

Él le dio las gracias, le dijo a Tuila que se tomara un descanso y se levantó para enseñarle al arquitecto las oficinas. Discutió con éste el diseño de las salas mientras los demás hombres tomaban medidas. Explicó que con la distribución que había en aquel momento los despachos estaban muy abarrotados. Parecía que todo el mundo había salido a comer, pero repentinamente vio una cabeza rubia agachada sobre la máquina de café de los empleados. Volvió a sentir que le faltaba el aire...

Observó cómo Lara Meadows se giraba para responder sonriendo a uno de los constructores. Un intenso deseo se apoderó de él.

Se apartó a un lado para dejar de observar la tentación que ella representaba y escuchó con atención lo que le explicaba el arquitecto... mientras luchaba contra las llamaradas que le estaban recorriendo por dentro.

Necesitaba disciplina. No podía negar que la presencia de Lara lo había alterado muchísimo, pero iba a tener que controlarse. Mientras regresaba a su despacho tras haber terminado de hablar con el arquitecto, pensó que no tenía por qué ser difícil. Debía mantenerla apartada de sí hasta que se acostumbrara a la idea de volver a verla. Debía evitar oír su voz, oler su perfume...

No debía permitir que su encantadora risa le afectara.

Debía cancelar la entrevista con ella. No tenía deseo alguno de volver a estar a solas con ella... ¿o sí?

Según iba avanzando la tarde, Lara se sintió cada vez más nerviosa. Todo el mundo de su departamento había realizado su entrevista, todos menos ella. Incluso habían comenzado a llamar a gente de otros departamentos. Se preguntó si Alessandro estaría haciéndole esperar a propósito.

Tal vez quería que se quedara hasta más tarde de las cinco para compensar por haber llegado tarde por la mañana. Pero su madre estaría esperándola con Vivi, ansiosa por poder acudir a su clase de oboe.

Se planteó si sería correcto hacer partícipe a Alessandro de la vida de su hija. Ni siquiera sabía si le gustaban los niños y sería terrible hacerlo si resultaba una mala influencia. Pensó en la esposa de él, que se convertiría en madrastra de Vivi, y se sintió horrorizada al recordar la mala imagen de las madrastras. Tal vez incluso el matrimonio Vincenti tuviera hijos, hijos que sentirían cierto rechazo ante una hermana sorpresa.

Quizá incluso el mismo Alessandro sintiera lo mismo. Después de todo, el mundo estaba repleto de hombres que tenían hijos de anteriores relaciones, hijos por los que sentían una completa indiferencia.

Aunque, en realidad, una situación como aquélla podría ser lo mejor para Vivi y ella. Alteraría menos sus vidas. No habría conflictos, ni expectativas, ni recriminaciones.

Cuando faltaban trece minutos para las cinco, Lara dejó de esperar que la llamaran para su entrevista. Se quitó las botas que llevaba puestas para descansar los pies un rato antes de la caminata hasta la parada de autobús. Pero a las cinco menos once minutos una figura alta y atractiva apareció en la puerta del despacho. Todos sus compañeros guardaron silencio repentinamente. Ella levantó la vista y se encontró con la mirada de Alessandro. Sintió cómo la adrenalina le recorría el cuerpo.

–Lara –dijo él–. ¿Puedes venir?

Durante un segundo ella se quedó allí paralizada por la espectacular oscura mirada de Alessandro. Entonces, como un ser dominado por una fuerza irresistible, se levantó. Al hacerlo, sintió cómo él le miraba las piernas. Se ruborizó al darse cuenta de que sus pies estaban cubiertos sólo por un par de medias.

–Vaya –farfulló, agarrando sus botas a toda prisa. Se sentó de nuevo para ponérselas y sintió cómo Alessandro la miraba fijamente.

Por alguna razón que desconocía, sintió una gran excitación. Pensó que él podía disfrutar de la visión de sus pies casi desnudos. Era lo más cercano que llegaría jamás a volver a ver cualquier parte de su cuerpo desnuda.

Capítulo Tres

Por segunda vez aquel día, Alessandro abrió la puerta de su despacho y le indicó a Lara que entrara. Ella entró con mucho cuidado de no tocarlo. Aun así, sintió cómo se le ponía el vello de punta. Se sintió aliviada al comprobar que Donatuila no estaba.

Habían colocado unos cuantos sillones junto a la ventana para las entrevistas.

Tras lo que había ocurrido aquella mañana, esperó a ser invitada a sentarse, pero él se quedó de pie durante un momento mientras la analizaba con la mirada y esbozaba una dura mueca.

A pesar de su determinación, cuando Alessandro bajó la mirada de su boca a sus pechos, sintió que un intenso cosquilleo le recorría el cuerpo... acompañado de una gran excitación.

Un tenso silencio se apoderó entonces de la situación y se sintió forzada a romperlo.

–Alessandro...

–Te has dejado el pelo más largo –la interrumpió él en voz baja–. Por lo demás, no has cambiado.

–Sí, ahora lo llevo más largo.

Alessandro sonrió y sus profundos ojos oscuros reflejaron una gran calidez y el encanto que Lara había conocido hacía seis años.

–Vas a tener que perdonarme. Todavía estoy un poco afectado por el *jet lag*. Los dos hemos cambiado. Por favor... –dijo él, indicándole una silla.

Ella se sentó, aliviada al darse cuenta de que parecía que Alessandro se acordaba de su persona y de que todavía seguía siendo el amable y cortés hombre que recordaba.

Él se sentó a su vez en una silla delante de ella y abrió una carpeta con su nombre.

Lara sintió que se le aceleraba el corazón y para controlar el temblor de las manos las entrelazó en su regazo.

–No podía creérmelo cuando nos dijeron que serías tú el nuevo gerente –comentó.

–¿No? ¿Te quedaste decepcionada? –quiso saber Alessandro.

–¿Decepcionada? Bueno, claro que no. Simplemente me... me...

–¿Te pusiste algo nerviosa? No te preocupes, no tienes que defenderte. Esto será simplemente un asunto laboral –comentó él con cierta nota discordante.

–No puedo quedarme mucho tiempo –dijo ella, mirando el reloj–. Hay alguien esperándome.

–Ah –respondió Alessandro, mirándola fijamente a los ojos–. No permitiremos que hagas esperar a nadie –añadió, esbozando una sarcástica mueca.

Lara sintió cierta intranquilidad y se preguntó si él no habría dicho aquello con burla.

Alessandro bajó la mirada a la carpeta que tenía delante. Sintió un nudo en el estómago y pensó que naturalmente ella tendría a alguien esperando. Algún payaso ingenuo.

En la carpeta de Lara no había nada de interés, aparte de una dirección en Newtown y un número de teléfono. No había indicación alguna de lo que había estado haciendo durante los anteriores seis años. Fuera quien fuera quien hubiera estado encargado de Recursos Humanos en aquella empresa de pacotilla, merecía ser despedido.

Se quedó mirando la página, forzándose a no posar los ojos en Lara... aunque la imagen de ésta se había quedado grabada en su retina. Su cara seguía teniendo la misma belleza delicada. Seguro que había muchos estúpidos incapaces de contenerse ante el intenso color azul de sus ojos. Ella siempre tendría un hombre al lado.

Aunque sabía que era un riesgo, se permitió mirarla de arriba abajo y sintió que se le aceleraba el pulso a pesar de su autocontrol. Tanto si lo quería como si no, la química que había entre ambos todavía era peligrosamente potente. Y estaba seguro de que ella también la sentía.

Aparentemente parecía relajada, pero su postura denotaba cierta rigidez que sugería que sentía la carga eléctrica que se respiraba en el ambiente. Cuando lo miraba, sus pupilas estaban ligeramente dilatadas.

–Veo que comenzaste a trabajar en esta empresa en febrero –comentó él.

Lara pensó que la formalidad era la mejor opción, aunque su cuerpo no parecía estar de acuerdo.

–Sí, efectivamente.

A continuación contestó las preguntas que le hizo Alessandro acerca de sus proyectos, cada vez más consciente de la química que había entre ambos. Sabía que no debía quedarse mirándolo, que no debía obsesionarse con aquel atractivo hombre como si todavía fuera suyo... aunque no pudo evitar percatarse de que no llevaba ningún anillo puesto. Se preguntó cuál sería la razón y qué habría sido de su esposa. Se planteó que tal vez ésta y él habían acordado no llevar alianzas. Pero no podía ser. Según la revista que había leído, Giulia Morello era un personaje público perteneciente a una pudiente familia y sería muy extraño que una esposa italiana permitiera que su marido no llevara alianza.

Mientras Alessandro le preguntaba por su trabajo, analizó su cara y recordó la manera en la que acostumbraba a besarla. Sintió una extraña sensación de posesión, como si todo su ser debiera pertenecerle a él. De inmediato se sintió avergonzada y pensó que ninguno de los dos tenía ningún derecho a sentirse de aquella manera, ya que Alessandro estaba casado.

–No aparecen otros trabajos editoriales anteriores a éste en tu ficha. ¿Qué otro trabajo has hecho que te cualificara para tu puesto actual? –quiso saber él, mirándola con gran intensidad.

–Bueno, sobre todo trabajos de asistente personal. Y he estudiado mucha literatura... como tal vez recuerdes.

Tras decir aquello Lara sonrió, pero Alessandro

evitó su sonrisa al bajar la mirada. Parecía que cualquier mención a su antigua relación estaba prohibida. Suponía que debía respetarlo, aunque pensó que tampoco había necesidad de tanta frialdad.

Incluso… hostilidad…

–Bill pensaba que merecía la pena darme una oportunidad con la lista de libros infantiles –se apresuró a decir para terminar con el tenso silencio que se había apoderado de la situación–. Él…

–Le gustabas –interrumpió Alessandro con la ironía reflejada en sus oscuros ojos.

–Bueno, sí –respondió ella casi a la defensiva–. Supongo que sí.

–Desde luego –dijo entonces él. Aunque lo hizo educadamente, no parecía un cumplido.

Lara sintió como si el hombre que había conocido hacía seis años estuviera detrás de una barrera. En un esfuerzo por llegar a él, se echó hacia delante y sonrió.

–Mira, Alessandro… se me hace muy extraño hablar contigo así cuando ambos nos conocemos… nos conocimos tan bien. ¿Cómo… cómo has estado?

–Creo que sería mejor si pudieras olvidar nuestra corta relación –contestó él, mirándola a los ojos–. Es algo del pasado. Lo que tengo que hacer ahora es reformar esta empresa para convertirla en un activo viable para Scala Enterprises. Prefiero centrarme en eso.

Ella se apresuró a echarse para atrás. Se mordió el labio inferior hasta hacerse sangre.

–Oh, está bien. Claro. Si-si es lo que quieres.

Algo del pasado. Aquello era todo lo que significaba para Alessandro. No comprendía por qué estaba siendo tan frío y se planteó si tal vez había oído algo sobre ella. O quizá era por algo del pasado.

La posibilidad que en ocasiones se había planteado volvió a pasársele por la cabeza. Pero no podía ser. Él no podía haber vuelto a Sídney para encontrarse con ella porque nunca había tenido serias intenciones acerca de su relación. Al poco tiempo de haberse despedido de ella se había casado con otra mujer.

—Alessandro, ¿hay algo que no comprenda? Sé que es incómodo que los dos trabajemos temporalmente en el mismo lugar, pero no tiene por qué suponer un problema, ¿no es así? Seguro que podemos... dejar a un lado...

Él la miró a los ojos con gran dureza, tras lo que esbozó una enigmática sonrisa.

—¿Nuestra antigua relación? Desde luego —respondió—. Considera que nunca existió. Por lo que a mí respecta no hubo ningún idilio de verano entre nosotros, ni largas tardes de pasión, ni seductores besos que nos emborrachaban al uno del otro. Olvida que tus labios tocaron los míos. Me alegra que tomes una actitud tan sensata. Vistas con perspectiva, estas relaciones parecen tener una magia que es, en realidad, engañosa. Lo más inteligente que podemos hacer es considerarnos como extraños.

—¡Extraños! —exclamó Lara, ruborizándose al recordar su cuerpo los apasionados momentos que había vivido junto a Alessandro—. No estoy segura de poder ser tan sofisticada. No creo que pueda llegar a considerarte un extraño –añadió muy dulcemente–. Aunque, claro, no fui yo la que se casó.

Un tenso silencio se apoderó entonces de la situación, tras lo que él la miró con una intensa dureza reflejada en los ojos.

–Creo que estás subestimando tu capacidad para seguir adelante, Lara –comentó–. De todas maneras, por mucho que me gustara disfrutar de desnudarte en alguna habitación de hotel, tengo muchísimo trabajo que realizar.

En ese momento agitó ligeramente la carpeta.

–¿Entonces…? ¿Podemos dejar a un lado nuestros asuntos personales? ¿Continuamos? –preguntó con un autoritario tono de voz.

Resentida, ella se sintió muy tensa.

Alessandro le dirigió una fugaz mirada y continuó hablando tranquilamente.

–Hay algo que me llama la atención, que ha despertado mi curiosidad. Llevas trabajando poco tiempo en esta empresa, pero cuando nos conocimos tenías una prometedora carrera por delante en el mundo editorial. ¿Qué has estado haciendo con tu… impresionante talento… aparte de este trabajo a tiempo parcial?

Lara pensó que definitivamente él había dicho la palabra «impresionante» con bastante sarcasmo. Sintió que el enfado la embargaba al apoderarse de su mente la preciosa pequeña cara de ojos oscuros, largas pestañas y rizos morenos de su hija.

Se echó para atrás en la silla y examinó a Alessandro con la mirada. El Marchese d´Isole Veneziane Minori no era el hombre encantador que recordaba. Era un frío y socarrón autócrata. Se planteó si se merecía conocer la verdad...

—No quiero aburrirte con los detalles de mi vida, Alessandro. Lo cierto es que supongo que lo que he estado haciendo es algo demasiado personal como para que te interese. Es suficiente con que te diga que he hecho otras cosas diferentes al mundo editorial.

—No hay necesidad de ponerse a la defensiva, Larissa.

—¿Seguro? —respondió ella—. Sabes una cosa... no eres el hombre que recordaba.

—¿No? ¿A quién recuerdas?

—A otra persona. A alguien... amable.

A él le brillaron los ojos, aunque la expresión de su cara permaneció implacable.

—Pues tú, por otra parte, estás igual a como te recuerdo —comentó—. A pesar mío.

—Bien —contestó ella, agarrando su bolso y levantándose muy dignamente—. En ese caso, no te haré perder más el tiempo.

Alessandro se levantó a su vez y Lara se apresuró a dirigirse a la puerta. Él debió hacerlo al mismo tiempo ya que tropezaron entre sí y una potente corriente eléctrica les recorrió a ambos el cuerpo.

Ella se sintió aún más alterada cuando Alessandro la agarró para estabilizarla. La embargó el masculino aroma de él...

—Ten cuidado —dijo él con su profunda voz.

A Lara se le quedó la boca seca al mirarle los labios y se sintió muy excitada.

Entonces, abruptamente, en el mismo preciso instante, ambos se apartaron el uno del otro. Ella se sintió aturdida e inquieta... incapaz de controlar la excitación que parecía haberse apoderado de cada célula de su cuerpo.

–Lo siento tanto –se disculpó Alessandro–. No sé cómo ha ocurrido eso.

Lara se recompuso rápidamente y se dirigió hacia la puerta. Al agarrar el picaporte, vaciló. La actitud de él acerca de su relación había sido tan... negativa, tan represiva. Y no sabía si debía permitir que tuviera la última palabra.

Orgullosa, se giró para enfrentarlo y vio que había vuelto a sentarse a su escritorio.

–¿Alessandro?

Él la miró con una interrogación reflejada en la cara.

–Hay algo que necesito... preguntarte. Algo que necesito comprender –dijo ella.

–¿Sí?

–¿Recuerdas el pacto?

Alessandro se puso muy tenso y su cara reflejó una gran frialdad. Frunció el ceño.

–¿El pacto?

–El pacto que hicimos.

La expresión de la cara de él no cambió y Lara se arrepintió de haber mencionado aquel asunto. Pero Alessandro estaba esperando a que continuara hablando y no podía echarse atrás.

–Ya sabes, cuando tuviste que regresar a Harvard para terminar tus estudios. El acuerdo de que si todavía nos sentíamos de la misma manera... que si pensábamos que todavía queríamos estar juntos, nos veríamos en seis semanas en el Centrepoint Tower.

Él miró al suelo mientras esbozaba una irónica mueca. A los pocos segundos levantó la mirada.

–Recuérdame... ¿cuál era mi parte en este acuerdo?

–Accediste a regresar de Harvard en tus vacaciones del trimestre.

–¿Y tu parte era...?

–Oh, bueno... –comenzó a decir ella, que siempre se había sentido avergonzada sobre lo fácil que había sido su parte del acuerdo– yo debía encontrarme contigo allí. Debía viajar desde Bindinong.

Alessandro se levantó y se apoyó en la parte delantera del escritorio.

–¿Desde Bindinong? –dijo con sarcasmo–. Creo que está claro quién tenía la parte más fácil del pacto –añadió con un extraño brillo reflejado en los ojos.

Bindinong no estaba muy lejos de Sídney. Cuando había vivido allí con sus padres sólo había tardado en llegar a la ciudad noventa minutos en tren. No estaba tan lejos como Harvard...

–Sé que visto con perspectiva parece un pacto muy improbable de cumplir, pero en aquel momento ambos creímos... sentíamos sinceramente... ¿No lo recuerdas? Tú querías que yo me fuera contigo, o por lo menos eso fue lo que dijiste, y yo era muy joven. Jamás había viajado al extranjero ni me había separado de mis padres. Me sentía insegura, comprensiblemente, de arriesgarlo todo por...

–Según parece, por mí –la interrumpió él, levantando las cejas de manera burlona.

A Lara le impresionó que Alessandro tuviera una opinión tan mala de ella.

–Dime… ¿de quién fue la idea? –continuó él con dureza–. ¿La idea de este… pacto?

El cinismo que estaba empleando dejó muy impactada a Lara. Cualquiera que lo escuchara pensaría que ella había hecho algo malo. Pero nadie podía esperar que una mujer abandonara su vida para marcharse con un hombre al que sólo conocía desde hacía tres semanas sin tomarse un tiempo para pensar.

–¿Bueno…? –insistió Alessandro.

–Oh, pues… Mira, olvídalo. Simplemente olvídalo. Éste no es el momento adecuado para hablar de ese tema –respondió Lara, cansada de su actitud.

Se giró hacia la puerta, pero se detuvo en seco al hablar de nuevo Alessandro.

–Dime, Lara Meadows. ¿Fuiste? ¿Mantuviste tu parte del acuerdo? –preguntó con burla.

–No, no. No lo hice –contestó ella, enfadada ante la manera en la que él estaba burlándose de lo que de hecho había sido la mayor tragedia de su vida–. Y tú tampoco lo hiciste, o lo habrías sabido. Jamás tuviste la intención de mantener el pacto, ¿verdad?

Era ridículo que después de seis años aquello todavía siguiera doliéndole. Era consciente de que sólo había supuesto una pequeña diversión para Alessandro mientras éste había estado en Sídney.

Sintió una abrumadora necesidad de marcharse

de allí. De correr. De correr a su casa y abrazar a su pequeña niña.

Pero el orgullo y las ansias de continuar hablando le ayudaron a mantener la valentía.

—Mucho mejor que ninguno de los dos se lo tomara en serio. Después de todo ése era el acuerdo. No deberíamos guardar rencor si alguno se echaba para atrás. Gracias a Dios que lo hicimos ambos ya que si no tendríamos algo de lo que arrepentirnos, ¿no crees?

Tras decir aquello se marchó del despacho y dio un pequeño portazo al hacerlo. Una vez fuera se apoyó en la puerta y respiró profundamente, completamente furiosa. Si él tuviera la menor idea de lo mucho que lo había amado...

De lo mucho que había llorado...

En ese momento pensó en la otra cosa que debía haber preguntado. Ya que había abierto aquella vieja herida, podía haber intentado saberlo todo.

Volvió a abrir la puerta del despacho y asomó la cabeza. Alessandro estaba sentado muy erguido en su escritorio mientras analizada con una adusta expresión algunas carpetas.

—Por cierto, Alessandro... —dijo con dulzura— ¿has traído a tu esposa contigo?

Él levantó la mirada y posó sus ojos en los de ella durante un largo momento.

—¿Mi esposa? No tengo esposa, *carissa*.

En ese momento fue Lara la que se quedó mirándolo. Entonces se dio cuenta de lo que había dicho.

—Larissa —corrigió—. Lara, quiero decir, Lara.

Capítulo Cuatro

Mientras se duchaba en la suite del hotel tras una dura sesión en el gimnasio, Alessandro pensó en Lara.

La entrevista que había tenido con ella no había resultado tan satisfactoria como había esperado. Haber utilizado su poder para castigar a una mujer, por mucho que ésta se lo hubiera merecido, no era la actuación de un hombre honorable. No había disfrutado al hacerle daño y no podía decir que hubiera salido airoso de su encuentro. El momento en el que ella había admitido que no había ido a la cita con él lo tenía angustiado. Sus ojos habían reflejado algo que no había sabido identificar y se planteó la posibilidad que se le había pasado por la mente en muchas ocasiones… que a Lara le hubiera resultado imposible acudir a la cita… Pero, como siempre, se preguntó por qué no lo había telefoneado para explicarse, por qué había estado inaccesible.

Salió de la ducha y tomó una toalla con la que se secó rápidamente. Al haber visto de nuevo a Larissa aquel día había sentido una gran carga eléctrica, había sido una situación muy tentadora. Se dijo a sí mismo que tal vez debía haberle dado una oportunidad de explicarse.

Una vez seco, se puso una bata y se miró en el espejo. Pensó que quizá debía buscar compañía femenina y quitarse a Lara Meadows de la cabeza.

Era una vieja solución que en realidad jamás había funcionado.

Se dirigió al minibar del salón de la suite, donde encontró unas pequeñas botellas de whisky. Se sirvió una en un vaso junto con un par de cubitos de hielo.

A continuación se dirigió a mirar por uno de los grandes ventanales de la suite, que tenía unas espectaculares vistas del puerto. Supuso que podía salir para disfrutar de la noche, pero la única persona que conocía en la ciudad, aparte de Tuila, que estaba hospedándose con unos parientes, no querría pasar tiempo con él.

Suspiró y se apartó de la ventana. Había elegido hospedarse en el Seasons porque estaba muy cerca del edificio Stiletto y por la gran cantidad de restaurantes que había por aquella zona de Sídney. Pero no le apetecía cenar solo en alguna bonita mesa para amantes.

Supuso que debía pedir la cena al servicio de habitaciones del hotel y comenzar a planificar la distribución de personal de la empresa.

Aunque también podía telefonear a Lara con la excusa de preguntarle algo acerca del funcionamiento de Stiletto y sugerirle que podían quedar para cenar.

Reprendiéndose a sí mismo, se quitó de inmediato aquella idea de la cabeza. Ella se daría cuenta de que estaba utilizando un pretexto y jamás había necesitado ninguno para ver a una mujer.

Lara era la única fémina que lo había rechazado, pero la atracción física que sentía por ella permanecía intacta… a pesar de lo que había ocurrido hacía seis años.

Se preguntó qué sería de su vida. Lara había insinuado que tenía novio, pero una mujer que tenía un hombre a su lado no quedaba con él después del trabajo, sino que volvía a casa para verlo. Se planteó que tal vez aquello había sido una excusa para haber podido marcharse antes en caso de haberse sentido angustiada.

Tal vez vivía sola…

Capítulo Cinco

Lara dudaba que el amor pudiera reavivarse una vez que había sido pisoteado, por lo que no comprendía por qué sentía como si hubiera perdido el control.

Ya había oscurecido cuando llegó a la puerta de su casa. Aunque la vivienda que Vivi y ella compartían con su madre carecía de encanto, la vuelta de Alessandro a su vida, aunque fuera breve, había provocado que el mundo volviera a ser animado y emocionante.

Pero estaba muy dolida por la entrevista. No comprendía por qué había empeorado las cosas al sacar el pacto a colación. Sólo había querido comprobar que él no había volado hasta Sídney para verse con ella, pero su preocupación sólo había logrado despertar el sarcasmo de Alessandro. Se había dado cuenta de que éste jamás había considerado en serio el pacto. ¿Por qué lo habría siquiera considerado cuando tenía pensado casarse con su prometida?

Greta abrió la puerta, acompañada por dos gatos y Vivi, la cual se lanzó a los brazos de su madre con gran entusiasmo.

—La abuela y yo hemos hecho crepes y he comido muchos —informó la pequeña.

–Espero que no te pongas enferma –respondió Lara, abrazando a su hija y dándole un sonoro beso. Entonces se giró hacia su madre–. Lo siento. He llegado tarde, mamá. Me han entretenido en el trabajo en el último minuto. El-el nuevo equipo de dirección y todo eso…

–Bien, bien –contestó su madre con brillo reflejado en sus azules ojos–. ¿Hay alguien con talento? –quiso saber–. No importa –añadió al ver la cara que puso su hija–. Puedes contarme todo más tarde. Estoy a punto de marcharme a mi ensayo.

Tras decir aquello se retiró al apartamento que tenía en una zona de la casa. Lara y Vivi subieron las escaleras para dirigirse a su piso.

Lara pensó que realmente Vivi se parecía mucho a Alessandro. Tras todos los inútiles esfuerzos que había realizado durante el embarazo para ponerse en contacto con él, siempre había pensado que si volvía a verlo sería una persona honesta y le informaría de inmediato. No era la clase de mujeres que por celos o miedo escondían la existencia de sus hijos. Era una persona tranquila y estable. Protectora y responsable, así como madura y racional.

Aun así, si analizaba la realidad, debía admitir que era más complicada de lo que había esperado. El Alessandro que había visto aquel día no era la misma persona que había pensado que conocía. El padre de su hija era un extraño, uno que tenía su vida en el otro extremo del mundo. No podía predecir cómo cambiaría la vida de Vivi, ni la suya, si tenía contacto con él.

Mientras bañaba a la niña y escuchaba cómo le contaba todo lo que había hecho durante el día, se planteó qué debía decirle a su madre. Greta conocía la identidad del padre de su nieta, pero no sabía que Alessandro había vuelto a aparecer en su vida.

Durante la cena, mientras observaba cómo Vivi escondía los guisantes de su plato bajo una hoja de lechuga, supuso que sabría cuál sería la actitud de su madre. Le diría que debía contarle toda la verdad a Alessandro, que éste se merecía saber la verdad, así como Vivi. Pensó que antes o después alguien en el trabajo mencionaría delante de él que ella tenía una hija y, cuando descubriera su edad, no tenía que ser un genio para suponer la verdad.

No reconocer que Vivi era su hija privaría a ésta innecesariamente de un padre pero, por otra parte, el trastorno que sufrirían sus vidas si Alessandro quería ejercer sus derechos de progenitor le daba miedo. Quizá Vivi estaba mejor sin él.

Tras acostar a la niña y leerle un cuento, se preguntó qué habría pasado con la esposa de Alessandro. Tal vez éste le era infiel constantemente...

Pero, fuera lo que fuera, lo que estaba claro era que la química que había habido entre ambos hacía seis años seguía muy presente. Cuando la había tocado en la accidental colisión que habían tenido, se había sentido muy alterada, casi excitada...

Cerró los ojos y pensó que era obvio que tras seis años de no haber estado con un hombre, era normal que Alessandro hubiera tenido cierto impacto en ella.

Cuando casi había terminado de limpiar la cocina, el teléfono sonó. Supuso que sería su madre.

–Hola, cariño. Sube.

Hubo un momento de silencio al otro lado del hilo telefónico.

–¿Le dices eso a todo el mundo que telefonea?

Lara se quedó paralizada al reconocer la voz del padre de su hija.

–Soy Alessandro –continuó él al no obtener respuesta.

–Ya lo sé –logró contestar ella, forzándose a mantener el control.

–Tenemos que hablar.

–No sé de qué –dijo Lara con frialdad–. Pero está bien. Dime.

–Debemos hacerlo cara a cara.

–Es imposible –respondió ella, emocionada–. Esta noche no puedo.

–Pero estás en casa –comentó él.

–Bueno, sí. Pero no puedo salir fuera. Tengo… obligaciones.

–Entonces iré a verte.

–¡No! No puedes venir aquí –protestó Lara, alarmada–. De todas maneras, después de haberte visto hoy, de las cosas que has dicho… no podemos tener nada que decirnos el uno al otro. Somos extraños, ¿recuerdas?

–Pero tú no lo aceptas. Estoy seguro de que eso fue lo que dijiste –dijo Alessandro–. Sabes que hay cosas de las que tenemos que hablar.

–Cosas. Oh, ¿te refieres a cosas del trabajo?

–¿Qué otra cosa si no?

Ella tenía el corazón revolucionado. Pensó que de ninguna manera eran temas laborales los que él quería discutir. Lo que quería era verla...

Lo cierto era que la fascinante conexión que había habido entre ambos todavía existía. La emoción. Y ella quería verlo. Estaba deseándolo. Si pudiera quedar con él en algún sitio...

–Estaré en tu calle en un par de minutos –dijo entonces Alessandro.

–¿Qué? –gritó ella. Pero era demasiado tarde. Él ya había colgado.

De inmediato, telefoneó a Greta, pero su madre no debía haber regresado todavía. Entonces se dio cuenta de que llevaba puestos unos pantalones de chándal y una desgastada camiseta. Se apresuró a ir a su dormitorio para ponerse unos pantalones vaqueros y una bonita camiseta. A continuación se peinó y se pintó los labios.

Se dirigió a la ventana y gritó cuando vio un coche oscuro acercándose a su casa. Agitada, se echó para atrás y pensó que lo mejor sería que hablara con Alessandro en el porche. Incluso podría invitarle a entrar en la casa de Greta como si fuera suya.

A no ser...

A no ser que Vivi hubiera dejado allí algún juguete. Y también estaban las fotos.

Pero si entraba en su casa y veía a Vivi, no tendría tiempo para preparar a la pequeña ni para contarle a él tranquilamente lo que había ocurrido.

Nerviosa, comenzó a dar vueltas por la vivienda,

deteniéndose en varias ocasiones en la puerta de la habitación de Vivi para comprobar cómo estaba.

Cuando el timbre de la puerta de la casa de Greta sonó, se planteó si apresurarse a contestar o defender a su cachorra como una tigresa enloquecida... y entró en el dormitorio de la niña para arroparla con las sábanas.

Capítulo Seis

Alessandro miró la vivienda del número treinta y siete de la calle con mucha curiosidad. Parecía tener dos plantas con balcones en ambas. Era una zona agradable.

Había luz en una de las ventanas de la planta de arriba y le pareció ver pasar una figura por detrás de las vaporosas cortinas. Pensó que sería Lara y se le aceleró el pulso.

Justo cuando estaba a punto de salir del coche de alquiler, un taxi se detuvo delante de la casa. Una mujer se bajó de éste. Era una fémina de mediana edad que llevaba consigo una especie de funda, como de un instrumento musical. Se agachó para hablar con el taxista, tras lo que entró en el número treinta y siete de la calle.

Él esperó un momento. Entonces se bajó del coche y se acercó a la casa de Lara. Llamó al timbre y a los pocos segundos la mujer que había visto bajarse del taxi abrió la puerta. Vista de cerca se parecía mucho a Lara, aunque su rostro reflejaba mucho más el paso del tiempo. Lo miró de arriba abajo con unos alegres ojos azules.

Sin duda era la madre de Lara.

Embargado por una sensación de triunfo, pensó

que todavía no había visto a ningún hombre por allí.

–Soy Alessandro Vincenti –informó a la mujer–. ¿Vive aquí Lara Meadows?

Durante un segundo la cara de la mujer reflejó una gran impresión, tras lo que sus ojos reflejaron un intenso brillo.

–Ah, sí. Es aquí, desde luego. Si espera un momento voy a buscarla –contestó, girándose. Pero tras andar unos pasos se detuvo y exclamó–. ¡Oh, aquí está! Lara, ha venido alguien a verte. Ales… ¿Perdóneme? ¿Dijo que se llamaba Alessandro Vincenti?

Desde lo alto de las escaleras, Lara escuchó la voz de su madre en conversación con Alessandro y sintió que se le revolvía el estómago.

Milagrosamente logró bajar hasta la planta principal sin tropezarse.

Estaba increíblemente guapo. Parecía más alto que nunca. Cuando la vio aparecer la miró a los ojos y ella sintió cómo la adrenalina se apoderada de su cuerpo y cómo se le debilitaban las rodillas.

Alessandro se había cambiado de ropa y llevaba puestos unos modernos pantalones y chaqueta, combinados con un polo negro que lograba resaltar el color aceitunado de su piel.

–Hola –saludó, completamente alterada. No miró a su madre por miedo a ruborizarse, pero aun así sintió cómo un intenso acaloramiento se apoderaba de su cuello y orejas.

–Bueno, este… Alessandro, ¿cómo estás? –balbuceó.

–Bien. ¿Y tú?

–Bien, bien. ¿Has tenido problemas en encontrar la casa?

–No. Tengo el... ¿cómo lo llamáis aquí? GPS.

Ella observó cómo miraba a su madre y se apresuró a presentarlos.

–Ésta es mi madre –dijo antes de girarse hacia Greta para explicarle... como si pudiera tener alguna explicación que el jefazo de la empresa se presentara en su casa en su primera noche en la ciudad–. Alessandro ha venido para dirigir Stiletto. Quiere... quiere preguntarme ciertas cosas sobre la empresa.

Ante lo inverosímil que era aquello no pudo evitar ruborizarse. Impactada, vio cómo él le tomaba la mano a su madre.

–Me alegra conocerla, *signora* Meadows.

Aunque Greta respondió de manera comedida, Lara se dio cuenta de que estaba absolutamente embelesada. Y de que no se creía nada de aquello.

–Oh, Dios mío, mamá... –se apresuró a decir antes de que ésta invitara a Alessandro a cenar– me acabo de acordar. ¿Te importaría subir para comprobar que haya apagado la plancha?

Greta pareció asustada.

–Sólo quiero que compruebes que todo está bien en la planta de arriba, por favor. Si no te importa –insistió Lara.

En ese momento los ojos de su madre reflejaron comprensión.

–Claro, cariño. Desde luego. No queremos que

se incendie nada. Hace mucho frío... haz pasar a Alessandro.

Lara esperó a que su madre se alejara. Entonces le habló al padre de su hija en voz baja.

–Te dije que no vinieras, pero ya que estás aquí, ¿qué quieres?

Él la miró de arriba abajo.

–Tranquila, *bambina*. Dejemos de fingir que no nos alegra vernos. ¿Has cenado ya?

–Estás muy equivocado. ¿Por qué me alegraría ver a alguien que frío y arrogante...?

Ella dejó de hablar ya que no era capaz de decir la palabra.

Alessandro sonrió y su cara reflejó una gran calidez.

–Bastardo es la palabra que estás buscando. Por la misma razón tal vez yo quiera ver a alguien que es una pequeña mentirosa.

Lara no supo a qué se refería él. Se preguntó si tal vez había oído algo sobre Vivi.

–Bueno... ya... ya hemos cenado.

–¿Tan pronto? –preguntó Alessandro, sorprendido.

Ella se sintió un poco avergonzada de tener que ser tan hostil, pero no podía hacer otra cosa.

Al no obtener respuesta, Alessandro inclinó la cabeza hacia el extremo opuesto de la calle.

–He visto un restaurante por aquí cerca –dijo–. Venga, vamos a tomar una copa de vino.

Lara pensó que tras la manera en la que la había tratado en el trabajo, él tenía mucho valor. Pero fue consciente de que el momento de la revelación había llegado y de que no podía evitarlo.

Por lo menos Alessandro había decidido abandonar su hostilidad. Para la conversación que suponía que mantendrían, debía existir una atmósfera tranquila. Cordial. Racional.

Tal y como era ella y como volvería a ser en cuanto su corazón se tranquilizara y la alocada excitación que estaba recorriéndole las venas dejara de hacerlo. Sabía que era una debilidad por su parte el disfrutar del hecho de que la vieran en público con un hombre tan increíblemente atractivo... pero no podía evitarlo.

Tomó su chaqueta del perchero y se la puso mientras él la esperaba fuera mirando el vecindario. Cuando cerró la puerta de la vivienda tras de sí, Alessandro le dirigió una tentadora mirada que la alteró por completo. Entonces ambos comenzaron a andar y ella intentó que no fuera muy evidente lo mucho que estaba saboreando el paseo. En numerosas ocasiones había soñado con aquello, había fantaseado que su amante volvía para buscarlas a su hija y a ella.

Seis años atrás él le había explicado que era un auténtico veneciano al que le encantaba pasear por las ciudades. Al recordar aquella época, se sintió muy emocionada. Accidentalmente Alessandro le rozó el hombro, el brazo y la cadera y, al hacerlo, ella sintió una descarga eléctrica que le recorría el cuerpo. Entonces puso cierta distancia entre ambos y miró al cielo, consciente de que en realidad estaba deseando volver a disfrutar de aquellos deliciosos roces.

El problema era que había vivido como una monja durante mucho tiempo y ello había debilitado sus defensas ante los altos y bellos italianos de ojos brillantes. Pero necesitaba mantener la calma. Lo que dijera aquella noche era de vital importancia.

–Me sorprende que todavía sigas viviendo con tus padres. Pensé… ¿no está Bindinong en las Montañas Azules? –preguntó él en un momento dado, mirándola a los ojos.

–Tras la muerte de mi padre, mi madre y yo nos mudamos a Sídney.

Alessandro se detuvo en medio de la acera.

–Has perdido a tu padre. Lo siento mucho. ¿Estaba enfermo? ¿O…?

–No, no. Murió en un incendio en el monte. Fue durante aquel verano tan caluroso –explicó Lara, apartando la mirada. No podía contarle la verdad, no de aquella manera. Respiró profundamente antes de continuar hablando–. La casa de mis padres se quemó por completo. Perdimos… casi todo. Tras aquello, mi madre quería empezar de nuevo en otro lugar.

–*Per carità* –comentó él, que parecía realmente impresionado–. Es una tragedia terrible –añadió, acariciándole una mejilla.

Fue una caricia leve, pero delicada. Como siempre le ocurría a ella cuando se mencionaba el incendio y alguien le mostraba simpatía, sintió un nudo en la garganta. Bajó la mirada y se apresuró a apartarse. Sintió un intenso deseo de contarle la verdad, de explicarle que la tragedia que había vivido su familia había interferido en sus planes de estar con él. Pero al recordar lo frío y burlón que había sido aquella misma mañana lo pensó mejor.

–Siento mucho lo de tu padre, Larissa –dijo entonces Alessandro, agarrándola por los brazos.

Ella sintió cómo todos sus sentidos se alteraban y una enorme tentación de acurrucarse contra él. La sincera preocupación que reflejaban los oscuros ojos de Alessandro le hizo parecer de nuevo el cariñoso hombre del que se había enamorado.

Recordó que él podía hacer aquello muy bien, podía hacer creer a una mujer que le importaba, podía utilizar unos modales exquisitos... Pero entonces se dio cuenta de que los ojos de Alessandro reflejaban algo más, un abrasador brillo que no tenía nada que ver con la conversación. Supo que, si lo miraba a la boca, terminarían besándose...

–Fue... una tragedia –reconoció, tensa debido al esfuerzo por controlar su mirada–. Pero mi madre y yo lo superamos. Nos teníamos la una a la otra. Teníamos... cosas buenas por las que vivir –añadió con voz quebrada, controlando a tiempo lo que iba a decir.

Él comenzó a andar de nuevo en silencio durante unos segundos, tras lo que le dirigió una discreta mirada cargada de sensualidad. Lara sintió cómo le daba un vuelco el estómago y supo que Alessandro se había dado cuenta de lo tensa que estaba.

Cuando por fin llegaron al centro comercial del barrio, se dirigieron a un restaurante que tenía una zona acondicionada como bar en uno de sus extremos. Había un par de mesas en unos íntimos recovecos y Alessandro la guió hacia una de ellas. Una vez que ambos se hubieron sentado, él tomó la carta de vinos y se acercó a Lara para que pudiera mirarla al mismo tiempo. Ella analizó la carta consciente del calor que desprendía el cuerpo de él y de que sus brazos estaban rozándose.

El encargado de la barra también estaba ocupándose de atender las mesas aquella noche, así que tuvieron mucho tiempo para decidir.

Finalmente el camarero se acercó a la mesa y Alessandro ordenó un Merlot, tras lo que se echó para atrás en su banqueta y le dirigió a Lara ocasionales miradas a la cara y las manos. Ella se sintió más consciente que nunca de su cuerpo y se preguntó si le ocurriría lo mismo a todo el mundo que se encontraba con un examante. No sabía si el acaloramiento que se había apoderado de su cuerpo continuaría aumentando hasta provocar que ardiera por dentro.

Cuando les sirvieron el vino, él brindó con su copa.

—*Salute.*

Lara se permitió mirarlo a los ojos y vio que éstos reflejaban un intenso y profundo brillo. Su sensual boca le recordó entonces placeres pasados y tuvo que bajar la mirada. Era muy importante que no se dejara seducir de nuevo.

Pensó en Vivi y en la reacción que tendría Alessandro cuando le informara de la existencia de la pequeña.

—Háblame de tu vida —pidió entonces él—. ¿Hay algún hombre en ella?

Aunque aquella pregunta había parecido muy inocente, Lara se dio cuenta de que él esperó la respuesta con cierta tensión. Le tentó la idea de mentirle, pero sería muy triste. Había sido decisión suya el llevar una vida de celibato.

—Ahora mismo no.

—¿Por qué no? —insistió Alessandro, impresionado.

Ella dio un trago de vino antes de contestar.

—¿Existe siquiera una respuesta a esa pregunta? —dijo, bajando la mirada. A los pocos segundos la levantó y lo miró directamente a los ojos—. ¿Y tú? ¿Hay alguna mujer en tu vida?

—No hay ninguna en particular —respondió él.

—Pero... había una mujer en tu vida. Tu esposa.

—Durante muy poco tiempo. Fue... un error. Nos casamos por razones equivocadas —confesó Alessandro con una adusta expresión reflejada en la cara.

—Debías conocerla cuando estuviste aquí la vez anterior —comentó Lara—. Cuando estuviste conmigo.

—La conozco desde que éramos niños.

Ella sintió cierta impotencia al darse cuenta de que no podía competir con una relación como aquélla.

—¿Le hablaste... de mí? —quiso saber.

—Le conté todo —contestó él, mirándola a los ojos.

—¿Y aun así ella quiso seguir adelante con la boda?

Alessandro bajó la mirada y guardó silencio.

—¿La amabas? —no pudo evitar preguntar Lara.

—Conteste lo que conteste lo utilizarás en mi contra, de una manera u otra.

—Entonces sí que la amabas —dijo ella, sonriendo, aunque en realidad aquello le había partido el corazón.

—¿A ti eso qué te importa?

—No me importa —espetó Lara con voz temblorosa mientras dejaba la copa en la mesa.

Inesperadamente, él se acercó para levantarle la cara con la mano y darle un apasionado beso fugaz. El contacto con la sensual boca de Alessandro fue completamente electrizante. Impresionada, ella no pudo evitar que sus labios respondieran con ansia ante aquella deliciosa fricción. Al abrazarla él con una mano por las costillas, sintió que un intenso cosquilleo se apoderaba de su boca y un abrumador deseo de sus pezones.

Debía haberse resistido, pero Alessandro introdujo entonces la lengua en su boca con el inteligente arte de hacía años y se derritió por completo.

Mientras el masculino sabor y aroma de él embriagaba sus sentidos, un intenso acaloramiento se apoderó de sus pechos y sintió que se le endurecían los pezones. Todas sus zonas erógenas despertaron vibrantemente a la vida.

Justo cuando estaba a punto de sentarse en su regazo y abrazarse a su cuerpo, se oyó un ruido en el restaurante que pareció hacer consciente a Alessandro de dónde se encontraban. Éste la soltó y ambos volvieron a guardar la compostura.

Ella miró a su alrededor y comprobó aliviada que nadie tenía la atención puesta en ellos. Aturdida, excitada, posó los ojos de manera recriminatoria en su acompañante.

Con el corazón revolucionado se dio cuenta de que estaba ocurriendo de nuevo. El hombre más atractivo del planeta estaba logrando hipnotizarla de nuevo.

Parecía que la historia estaba repitiéndose. Una conversación, un agradable paseo, aquellas primeras ligeras caricias, el primer dulce beso... beso al que habían seguido otros más apasionados acompañados de hambrientas caricias...

La habitación de hotel... Oh, Dios, la habitación de hotel...

Y entonces había llegado la obsesión...

Pero aquella velada él había omitido algunos pasos para directamente ser apasionado y sexy. La diferencia era que ella tenía a alguien más en quien pensar y realmente debía resistirse.

No comprendió cómo se había permitido sucumbir tan fácilmente ante aquel primer movimiento de él. Debía ser fuerte. Fría. Tenía que mantener el control.

—Alessandro, ¿qué estás haciendo? ¿Crees que simplemente puedes retomar las cosas donde las dejaste? Ahora tengo una vida diferente, soy una persona diferente. Tú vas a estar aquí sólo durante un par de días y hay algo que necesito...

Él la tomó de las manos con un intenso brillo reflejado en los ojos.

–Tienes el mismo sabor...

Lara se sintió realmente tentada por la sensualidad que desprendía Alessandro, pero sabía que debía ser fuerte. Tenía que pensar en Vivi.

–Olvídate de mi... sabor –espetó–. Hay algo importante de lo que debo hablarte –añadió, mirando su reloj–. Y no puedo llegar tarde a casa. Mi madre trabaja.

–¿Trabaja? ¿A estas horas?

–Es matrona. Esta semana su turno empieza a las once.

A pesar de la ansiedad que se había apoderado de ella, una extraña tranquilidad la embargó... consecuencia de la descarga de adrenalina que le recorrió el cuerpo.

–Tengo una hija –dijo por fin.

Él se puso muy tenso y un incómodo silencio se apoderó de la situación.

–¿De verdad? ¿Tienes una hija? –contestó con la interrogación reflejada en la mirada–. Me sorprende que no lo mencionaras antes.

–Lo sé –respondió Lara, nerviosa–. Lo habría hecho pero, como te he dicho, me resultó imposible contactar contigo.

Alessandro pareció ponerse aún más tenso. Entonces parpadeó.

—¿Ponerte en contacto conmigo? —dijo mientras la comprensión se apoderaba de sus ojos—. Dios mío—. ¿Cuántos… años tiene tu hija?

—Cinco.

—¿Estás intentando decirme que es… mía?

—Sí, Alessandro. Es tu hija.

Él sintió una extraña sensación en su pecho. Miró a Lara a los ojos en busca de alguna señal de que estuviera mintiendo, pero sólo vio sinceridad reflejada en éstos.

—Pero… me lo habrías dicho, seguro que me lo habrías dicho —comentó con cautela.

—Lo habría hecho si hubiera podido —aseguró ella, posando la mirada en los dedos de Alessandro, que la soltó de inmediato—. Cuando telefoneé a Harvard, ya no estabas allí.

—Pero sabías que trabajaba para Scala Enterprises. Podrías haber telefoneado a la dirección de la empresa o haber enviado una carta.

—Envié una carta a la oficina de Milán, donde habías trabajado antes. Donde habías dicho que habías trabajado. Para serte sincera, no sabía si alguna de las cosas que habías dicho era cierta. Debes comprender que cuando leí la noticia de tu boda… no sabía si tu esposa recibiría la noticia de buena gana. Ni tú.

Lara bebió un poco de vino con la esperanza de calmarse.

—Ahora que ya lo sabes, ¿qué pretendes hacer? ¿Ejercer de padre?

Él pareció realmente impresionado.

—¿Ejercer de padre? —dijo, negando con la cabeza–. ¿Cómo podría? Mi hogar está en Europa. Viajo. Constantemente. No soy… no soy la clase de hombre que… –añadió con los ojos brillantes–. Hay que analizar con calma la situación. Necesitarás dinero, eso es fácil… no hay problema, pero… sobre ejercer de padre. ¿Qué esperas? ¿Qué quieres de mí?

–Nada –confesó ella con gran sinceridad, aunque, en realidad, estaba atemorizada.

Alessandro se quedó profundamente impresionado ante aquella respuesta.

–Lo siento –se apresuró Lara a disculparse–. Eso ha sido un poco brusco. Sólo quiero que comprendas que no tiene que suponer el fin de tu vida actual. No estoy pidiéndote nada. Probablemente las cosas sean distintas aquí a como son en Italia. No se espera que la gente se case si no quiere, así que puedes relajarte. No tienes que llevarme al altar.

Él tomó aire como si fuera a hablar a continuación, pero ella levantó una mano para detenerlo.

–Por si te lo estás planteando, no tienes ninguna oportunidad –continuó–. De todas maneras, ya es demasiado tarde. Nos gustan… las cosas como están. Mi madre, Vivi y yo.

Alessandro se quedó sentado en silencio mientras esbozaba una mueca. Pero repentinamente se bebió lo último que le quedaba de vino y se levantó.

–Marchémonos de aquí.

Capítulo Siete

Una vez fuera del restaurante, mientras caminaba junto a Lara, Alessandro respiró profundamente el frío aire de la noche. Tenían que tratar asuntos muy importantes y no lo haría con éxito si continuaba tan alterado. Ella le había dejado claro que no lo quería en su vida y no comprendía por qué le molestaba tanto.

Obviamente, desde un punto de vista racional, para la pequeña sería mejor no tener contacto con él antes que verlo de vez en cuando y crear una relación que nunca podría llegar a más. En ese aspecto las cosas estaban mejor como habían estado hasta aquel momento.

Tal vez la niña estaba mejor de aquella manera. ¿Qué podría ofrecerle él a una pequeña?

Miró la delgada silueta de Lara y le pareció increíble que hubiera estado embarazada, que él la hubiera dejado embarazada. Intentó imaginársela con una tripa muy grande y se le aceleró el pulso. Durante un loco momento deseó haber podido verla en estado...

Hacía sólo unos minutos había estado deseando llevarla a su hotel para poseerla con pasión, pero en aquel momento ese tipo de deseo era lo último que debía ocupar su mente. Lara era madre, mientras que él... él era padre.

Pensó que jamás podría ser un buen padre dada la experiencia que tenía al respecto. Numerosas imágenes del infierno que había sido su niñez se apoderaron de su mente. Pero con una gran fuerza de voluntad se apresuró a dejar de pensar en aquello.

De una cosa estaba seguro; el destino había establecido que algunos hombres no debían estar al cuidado de niños pequeños. Muchos estudios aseguraban que la gente se comportaba como padres al igual que sus padres lo habían hecho con ellos.

Aunque... tal vez no siempre fuera ése el caso. ¿Quién aseguraba que él seguiría la conducta de su padrastro cuando su afán en la vida había sido ser completamente diferente a aquel débil y violento hombre? ¿Sentiría en alguna ocasión ganas de pagar su furia con una mujer y una niña? No podía imaginarse en una situación parecida. En alguna ocasión se había sentido muy enfadado, incluso enfurecido, pero jamás había experimentado la necesidad de pagarlo con otras personas. Se aferró a lo que le había asegurado su madre; que había salido a su padre, a aquella alta y delicada figura que no era más que una sombra en su memoria.

Pero qué ocurriría si estaba equivocado y había absorbido en su alma todo el veneno de su padrastro.

–Alessandro –dijo entonces Lara, tirándole de la manga–. Ve un poco más despacio. Tengo que ir corriendo para mantener tu ritmo.

–Lo siento. Estoy... tenemos mucho en qué pensar –respondió él, aminorando el ritmo.

–Lo sé. Mira... siento haber tenido tan poco tacto al decírtelo. Sé que debe haberte causado una gran impresión.

–Así es –concedió Alessandro.

–Querrás realizar una prueba de ADN –comentó ella–. Estoy dispuesta a hacerla, aunque no tendrías ninguna duda si vieras...

Él se detuvo en seco y levantó una mano.

–Por favor. Si no voy a involucrarme en esta situación, es mejor que no me des detalles sobre ella.

Tras decir aquello se ruborizó, consciente de lo frío e incluso inhumano que había parecido. Se dio cuenta de lo impresionada que se había quedado Lara, pero era mejor para todos que no tuviera ningún tipo de relación con la niña.

–Investigaré acerca del procedimiento para realizar la prueba de ADN y realizaré mi parte por separado –continuó–. Estoy seguro de que podemos coordinar el proceso.

–Está bien. De acuerdo –respondió ella–. Por favor, Sandro, no estés tan enfadado.

Al oír a Lara, Alessandro sintió cómo todo su resentimiento afloraba de nuevo. Se giró hacia ella y levantó las manos.

–¿Qué esperas, Lara? Has mantenido una niña... mi... mi... oculta durante cinco años. Estoy... impactado. Es una impresión muy grande.

–Bueno, creo que sé algo sobre eso –comentó ella con voz temblorosa.

Él la agarró de los brazos y la forzó a mirarlo.

–Las cosas no tuvieron que ser así, tesoro. Habrías podido tener mi apoyo. Si hubieras querido… si lo hubieras intentado de verdad habrías podido ponerte en contacto conmigo.

–Lo intenté de verdad. ¿Crees que quería estar sola? –contestó Lara, esbozando una mueca.

Alessandro se giró. No quería imaginarse las dificultades por las debía haber pasado ella.

–Está bien, lo siento –se disculpó con gran aspereza reflejada en la voz. Comenzó a andar de nuevo mientras un violento caos se apoderaba de su corazón. Era una mezcla de culpabilidad y remordimiento por lo que había hecho, junto con una cierta sensación de ternura.

Si miraba a Lara a los ojos durante un segundo no sería capaz de evitar tocarla, abrazarla, y ello sólo conduciría a un camino que ya estaba prohibido para toda la eternidad.

Un hombre honorable no seducía a una mujer, la dejaba embarazada, y volvía a seducirla a la siguiente oportunidad que tenía. Sobre todo cuando ella lo había rechazado por segunda vez.

Se dio cuenta de que habían girado por una calle por la que no habían caminado al dirigirse al restaurante. Estaba desesperado por tomar la mano de Lara, por sentir su delgada palma sobre la suya. Pero se controló. No podía permitirse mostrar ningún tipo de afecto. Ella le había dejado las cosas claras; no lo quería en su vida.

Cuando pasaron por lo que parecía un colegio,

Lara se detuvo repentinamente para mirar algo en el patio. Al casi chocar con ella, él percibió el embriagador aroma de su cabello...

–Oh, mira –dijo Lara–. ¿Ves eso? Se han olvidado de cubrir el cajón de arena.

–¿Qué? –espetó Alessandro.

Su rudeza probablemente se debía a la incómoda sensación de lo que aquel lugar representaba. Seguramente seis años atrás ella tampoco le habría prestado la menor atención a un sitio tan mundano como el patio de un colegio. Pero suponía que las mamás se preocupaban por ese tipo de cosas.

Para intentar remediar lo grosero que había sido, miró con interés el lugar. Pero entonces se dio cuenta de que Lara estaba subiendo por la verja del colegio; en un segundo estaba dentro del patio del centro escolar.

A regañadientes, la siguió y tuvo que admitir que ella parecía tan ágil como hacía seis años. Su bonito trasero no había perdido la perfecta firmeza que lo caracterizaba.

–Aquí –dijo Lara–. Mira.

Tras dar un par de pasos él la alcanzó y miró desconcertado el largo agujero rectangular que había en el suelo cubierto de arena.

–¿Y?

–Debería estar cubierto. Supongo que el conserje se habrá olvidado –respondió ella, mirando a su alrededor–. Creo que sé dónde guardan la lona. Voy a ver si está allí –añadió, dirigiéndose hacia las edificaciones del colegio.

Maldiciendo, Alessandro volvió a seguirla mientras deseaba que todo hubiera sido distinto. Como había sido hacía seis años. Sin complicaciones. Deseó que simplemente pudieran volver a ser amantes.

–Es por aquí –gritó Lara–. ¿Te importa echarme una mano?

Él se planteó que tal vez había sido un error haberla besado en el restaurante, ya que al recordar el contacto de sus labios sintió una gran tentación. Y, fuera lo que fuera lo que dijera ella, no podía negar su respuesta ante aquel beso. Lo había deseado.

–Oh, mira, aquí está –dijo Lara al encontrar por fin la lona. Al girarse para mirar a Alessandro, sus ojos reflejaron una gran emoción.

Con el pulso acelerado, él pudo ver bajo la leve luz que había en la instalación en la que habían entrado una lona pegada a una estructura de madera.

Ella se dirigió a agarrar uno de los extremos de la madera, pero lo soltó de inmediato mientras emitía un pequeño gritito. Entonces se llevó un dedo a la boca, dedo que estaba sangrando.

–Déjame a mí –intervino Alessandro, acercándose para tomar la lona. Al hacerlo no pudo evitar rozar el cuerpo de Lara con el suyo. Sintió una corriente eléctrica.

–Ten cuidado con las astillas –advirtió ella sin poder ocultar la sensualidad que reflejó su voz.

Él llevó entonces la lona hasta el cajón de arena del patio del colegio.

–Tienes una gran conciencia social –observó–. ¿Habría importado tanto haber dejado la arena sin cubrir?

Lara se posicionó en el otro extremo del cajón y ayudó a colocar la lona correctamente.

–Mantiene a los gatos alejados –explicó una vez que hubieron terminado–. Vivi juega aquí con sus amigas.

Al oír el nombre de su hija, Alessandro sintió que el corazón le daba un vuelco. Aun así mantuvo una impasible expresión reflejada en la cara.

Ambos se quedaron mirando el uno al otro y una intensa lujuria se apoderó de él, que no pudo evitar acercarse a ella.

Lara no se movió de donde estaba. Alessandro se dio cuenta de que todavía era increíblemente guapa.

–Lara –dijo–. Larissa...

A continuación la abrazó y la apoyó contra el tronco de uno de los pinos del patio. Entonces la besó apasionadamente. Ella no se resistió, sino que le devolvió el beso ardientemente con sus dulces labios. Incluso lo abrazó por el cuello y se apoyó contra él.

Ardientemente, Alessandro comenzó a besarle la cara y el cuello, tras lo que volvió a besarle la boca hasta sentirse completamente borracho de pasión y embriagado por el sabor y aroma de Lara. No había nadie alrededor que pudiera inhibirle, por lo que acarició por todo el cuerpo a la madre de su hija. Dejó de besarla para desabrocharle la camisa y oyó cómo ella emitía un pequeño gritito cuando también le desabrochó el sujetador, que tenía el enganche en la parte frontal. Al ver sus pálidos pechos, sintió cómo se le hacía la boca agua por saborearlos.

No pudo evitar acariciarlos. Los endurecidos pezones de Lara parecían estar suplicando que los besara y él se los llevó a la boca uno tras otro y disfrutó enormemente de su excitante sabor mientras ella gemía de placer.

Sintió su miembro viril tan erecto que pensó que la posibilidad de penetrar el delicioso y húmedo centro de la feminidad de Lara parecía estar convirtiéndose en realidad. Ansioso por verla desnuda, introdujo una mano por la cintura de sus pantalones vaqueros para acariciarle el trasero.

Pero en ese momento las luces de un coche que pasaba por allí asustaron a Lara, que se quedó paralizada. Alessandro la cubrió con su cuerpo y sintió lo acelerado que tenía el corazón. Cuando el vehículo se alejó, estaba dispuesto a continuar lo que habían interrumpido, pero sintió lo tensa que ella se había puesto.

–¿Qué estamos haciendo? –preguntó Lara, susurrando–. Esto no puede suceder. No puede ser.

Él se sintió enormemente decepcionado.

–Me deseas, *carissima* –dijo–. No finjas.

–Ahora las cosas no pueden ser como antes, ¿no crees? –espetó ella, apartándose de él y colocándose la ropa–. Tenemos que ser maduros.

–¿Crees que hay algún otro camino para nosotros?

Lara no contestó y ambos se dirigieron en silencio a su casa. La pasión que no se había resuelto entre ellos se respiraba en el ambiente y Alessandro pensó que de una manera u otra darían rienda suelta a sus deseos. Tenían que hacerlo.

Cuando llegaron a la puerta de la vivienda, ella se detuvo y se mordió el labio inferior.

–Lo que ha ocurrido no tenía que haber pasado –comentó con emoción–. Vas a estar en Sídney sólo durante unos días. No puedo simplemente ser... tu... mujer de conveniencia.

–Bueno, muchas cosas pueden pasar en unos pocos días, tesoro –respondió él.

Lara lo miró con la sospecha reflejada en los ojos y Alessandro sintió una embriagadora necesidad de saborear su boca de nuevo. Pero se resistió. Prefirió dejarla insatisfecha.

Se sintió aliviado al no invitarlo ella a entrar, ya que necesitaba pensar.

Capítulo Ocho

Alessandro tardó mucho tiempo en dormirse, pero cuando por fin lo hizo soñó que era verano, uno de aquellos estupendos veranos australianos... como durante el que había volado de nuevo a Sídney para cumplir su parte de la promesa con el anillo de compromiso de su bisabuela en el bolsillo. En su sueño aparecía Lara... con un bebé en brazos. Él hizo un considerable esfuerzo por verle la cara a la nena, pero cada vez que lo intentaba el bebé giraba la cabeza.

Se despertó al amanecer, sobresaltado y con el corazón acelerado, sudoroso y confuso. Una intensa sensación de pérdida lo angustió durante horas.

Mientras se afeitaba fue consciente de que, aunque había pretendido mantener la situación bajo control, al haber oído el nombre de su hija algo se había alterado en su interior. No podía dejar de imaginarse a una niña pequeña jugando en el cajón de arena del patio del colegio.

Más tarde, una vez que se hubo duchado y afeitado, con el *Sydney Morning Herald* en la mano mientras se tomaba su café, pensó que los hombres habían tratado con situaciones como aquélla desde el comienzo de los tiempos. Si se hubieran encontrado en Italia no habría duda de que debería casarse con Lara. La familia de ella lo habría exigido, así como la suya propia.

¿Qué diría su madre si se enterara?

Se planteó que tenía dos opciones; forzar a Lara a casarse con él o brindarle suficiente apoyo económico para que pudiera criar a su hija sin problemas.

Pensó que seguramente una mujer como ella finalmente se casaría con algún hombre. Lo sorprendente era que ningún tipo lo hubiera conseguido hasta aquel momento. Pero pronto alguno se convertiría en su esposo y estaría dispuesto a hacerse cargo de su pequeña. Con sólo pensarlo se puso enfermo...

Lara pensó que haber dormido unas cuantas horas debía haberle ayudado a calmar la pasión que se había apoderado de sus sentidos, pero mientras miraba la cara de Alessandro en la sala de reuniones de la editorial fue consciente de que se sentía tan acalorada como la noche anterior.

En realidad no se habían dado más que unos cuantos besos... ¡pero vaya besos!

Le angustiaba la idea de no haber insistido suficiente en que Alessandro adoptara un papel activo en la vida de Vivi y no sabía si se arrepentiría de ello. O si lo haría su pequeña.

Al mirar a su alrededor se dio cuenta de que sus compañeros no estaban mirando los documentos que tenían delante y sobre los que versaba aquella reunión, sino que todos tenían la atención puesta en la cara de Alessandro y no hubiera exagerado mucho si hubiera asegurado que a las mujeres casi estaba cayéndoseles la baba.

La atmósfera entre jefe y personal había dado un giro de ciento ochenta grados. Pero Donatuila, aunque cuando intervenía lo hacía de manera amistosa, estaba sentada a su escritorio con un lápiz entre las manos mientras observaba las caras de los asistentes.

Alessandro estaba completamente centrado en ganarse la confianza de los empleados, pero en más de una ocasión levantó la mirada de los documentos que tenía delante y la posó en Lara, que estaba muy alterada desde lo que había ocurrido la noche anterior en el patio del colegio. No hacía más que pensar en él y en lo mucho que lo deseaba. Intentó tranquilizarse al decirse a sí misma que lo que le ocurría era normal; había pasado mucho tiempo sin un hombre a su lado y Alessandro era absolutamente arrebatador. Aunque si lo pensaba fríamente sabía que no debía involucrarse con él de nuevo. Sería una locura.

La noche anterior, tras llegar a casa y observar la inocente cara de su hija mientras ésta dormía, repentinamente le invadió un profundo miedo al plantearse qué ocurriría si Alessandro decidía que quería tener a Vivi. Si realmente la quería. Se preguntó si se conformaría con verla ocasionalmente o si esperaría que una niña pequeña tuviera que viajar en avión durante horas para pasar las vacaciones con él alejada de la protección de su madre...

Sintió que el terror la embargaba.

Los Vincenti eran una familia poderosa. Alessandro podría darle a Vivi cosas que ella no podía y le aterrorizaba la idea de que la llevara a juicio para obtener la custodia. No debía arriesgarse.

–Perdóneme, señor Vincenti –dijo Kirsten, echándose hacia delante en su silla–. ¿Cuánto tiempo dijo que iban a estar con nosotros la señorita Capelli y usted?

–Yo estaré aquí hasta que esté completamente convencido de que todo está... como debe estar –respondió él.

Lara sintió que se le aceleraba el pulso. Aquello no era lo que había dicho el día anterior.

Cuando la reunión terminó, se levantó junto con todos sus compañeros. Pero mientras se dirigía hacia la puerta, Alessandro la llamó.

–Lara, ¿podrías quedarte durante unos minutos más? –pidió, mirándola intensamente a los ojos.

Al darse cuenta del apasionado brillo que reflejaban los ojos de él, ella sintió que se le secaba la boca y durante unos segundos recordó los sensuales momentos que habían compartido la velada anterior. Pero al percibir la fría mirada de Donatuila, guardó la compostura.

–Desde luego –contestó con lo que esperó que fuera un profesional tono de voz.

Una vez a solas con Alessandro, sintió que éste la miraba de arriba abajo y un intenso cosquilleo le recorrió el cuerpo.

–Supongo que estarás de acuerdo con que tenemos que hablar como es debido. Anoche... se nos fueron un poco las cosas de las manos –dijo él–. Tal vez deberíamos vernos en un ambiente un poco menos... tentador. ¿Qué te parece si vamos a cenar esta noche?

–Bueno... no debería salir a cenar contigo, no después de lo que ocurrió anoche –respondió ella.

–¿Después...? –repitió Alessandro educadamente–. ¿Después de casi haber hecho el amor conmigo en el patio del colegio?

–¡Oh, yo no...! –exclamó Lara–. Yo no... fuiste tú. Debió ser la impresión del momento.

–Puede ser que fuera por la impresión... o por tus encantos. Y por la pasión. La pasión que siento por ti y la que tú sientes por mí.

–Shh, shh –protestó ella, negando con la cabeza–. Desearía que hablaras en serio. ¿No te das cuenta de lo serio que es todo esto para Vivi y para mí?

–Bueno, ya me conoces, tesoro –comentó él–. Probablemente sólo me preocupe lo serio que es para mí.

–Oh... lo siento –se disculpó Lara, ruborizándose–. De verdad. Sé que tú no... no quería implicar que...

–Desde luego que no querías. Entonces... ¿quedamos para cenar?

–Bueno, está bien. Supongo que a mi madre no le importará, aunque no podré quedarme hasta muy tarde. Podemos quedar en algún sitio. ¿Dónde te hospedas?

–Pasaré a buscarte –dijo Alessandro, que parecía sorprendido.

—No, no, no es necesario. Es mejor que nos veamos en el centro.

—¿Por qué? —quiso saber él—. ¿No quieres que vaya a tu casa?

—Bueno, ya sabes que... que no quieres involucrarte con la situación. Si Vivi te ve...

—Seguro que ha conocido hombres antes.

—Bueno, claro que sí —contestó ella—. Desde luego. Mi tío, esposos de mis amigas... un par de padres del colegio... Pero, Dios mío, esto no sería lo mismo. Eres su padre.

—Pero no tendrías que presentarme como tal, ¿no es así? Podrías decirle que soy un amigo.

—Alessandro, en cuanto oiga tu nombre...

—¿Conoce mi nombre? —preguntó él, impresionado.

—Desde luego. ¿No creerías que iba a ocultarle la identidad de su padre?

Tenso, Alessandro guardó silencio con una impenetrable expresión reflejada en la cara.

—Para Vivi sería todo un *shock* —continuó Lara—. Tendría que prepararla y hablarle de ello. Es sólo una niña pequeña. Muy inocente. Sólo nos conoce a su abuela, a su profesora del colegio, a sus amiguitas, a mis amigas, a los parientes de mis padres y a mí. Sería... un momento muy importante de su vida. No podríamos simplemente decírselo de repente.

Él la miró a la cara con intensidad, tras lo que se encogió de hombros.

—Comprendo. Entonces será mejor que nos veamos en el centro de la ciudad —concedió, sacando un teléfono móvil del bolsillo del pantalón–. Deberíamos intercambiar números.

A su vez, ella sacó entonces su teléfono móvil y ambos anotaron en sus aparatos el número del otro.

–¿Quedamos a las siete en el bar del hotel Seasons?

–Oh, en el Seasons –dijo Lara, sintiendo que le daba un vuelco el corazón–. ¿Estás hospedándote allí?

–¿Dónde si no? –respondió Alessandro con un intenso brillo reflejado en los ojos.

Ella se dirigió hacia la puerta, pero al llegar a ésta se detuvo y se giró.

–Esto… no es una cita, Alessandro.

–¿Ah, no? ¿Entonces qué es?

–Bueno… ya sabes, es… una reunión. Una cena entre dos adultos.

–Dos adultos –repitió él–. ¿Será entre dos adultos que consienten algo entre ambos, cariño?

–No, no lo será –espetó Lara–. Serán dos adultos que tienen una situación que resolver.

Al cerrarse la puerta, la sonrisa que Alessandro tenía reflejada en la cara se borró. Tanto si Lara quería como si no, estaba atado a ella. Y a la hija de ambos.

Se preguntó a quién se parecería la niña. Probablemente habría salido a su madre. Sería una pena no poder verle la cara a la niña. A su niña…

***

Lara regresó a su escritorio y se sentó en la silla preguntándose qué debía ponerse aquella noche. No quería cautivar a Alessandro ni nada parecido. No tendría sentido ya que él iba a marcharse al otro extremo del mundo en un futuro no muy distante.

Aunque era cierto que si hubiera habido alguna posibilidad de que Alessandro se quedara en Australia, tal vez habría considerado intentarlo de nuevo con él. Era realmente guapo y con sólo mirarlo se le revolucionaba el corazón. Y... era el padre de su hija.

Le pareció curioso que la noche anterior no hubiera querido oír nada de Vivi mientras que aquella mañana... habría jurado que le interesaba su hija.

Capítulo Nueve

Cuando por fin llegaron las cinco de la tarde, Lara se dio cuenta de lo mucho que tenía que hacer en tan poco tiempo; debía correr para lograr tomar el primer tren de regreso a casa, ver a Vivi, pedirle a su madre que cuidara de la pequeña, intentar ponerse guapa y volver al centro de la ciudad.

Deseó que el vestido negro que se había comprado para la cena de empresa fuera suficientemente elegante para salir a cenar con Alessandro. Sabía que la mujer con la que se había casado él tenía un gran estilo y no creía ser capaz de competir con aquello. Y aunque su vestido negro no era de marca, era lo mejor que tenía.

La noche anterior había vuelto a sentir los dulces pero dolorosos sentimientos de hacía seis años. Pero sabía que debía apartar a un lado sus emociones, por Vivi. Fuera lo que fuera lo que ocurriera aquella noche, no podía olvidar la importancia que tendría en la vida de su hija.

Pero más tarde, mientras se miraba en el espejo en ropa interior, no pudo evitar emocionarse. Tenía un aspecto realmente sexy. Se puso el vestido y vio que le quedaba realmente bien. Marcaba sus curvas donde debía y tenía un generoso escote.

Normalmente no se ponía pendientes por miedo a resaltar la cicatriz que tenía por detrás de la oreja y que le llegaba hasta casi el hombro, pero el vestido los exigía. Tras mirar las pocas joyas que tenía, se decidió por unas sencillas perlas. Se dejó el pelo suelto y se puso unos zapatos de tacón.

Se despidió de Vivi en la cocina, donde Greta estaba preparando la cena, e intentó actuar como si aquélla fuera una noche más en la que iba a salir a cenar y no estuviera tan emocionada.

–No te preocupes, mamá –le dijo a Greta–. Me aseguraré de regresar antes de las nueve. Tendrás tiempo de sobra para cumplir tu turno.

–¿Crees que Alessandro cambiará de idea? –preguntó su madre tras permitir que Vivi se agachara a por algo que se había caído.

–No lo sé –respondió Lara–. Anoche no lo hubiera creído. Pero hoy no puedo predecirlo. Y, además, Venecia está muy lejos, mamá. Piénsalo.

Al ponerse su abrigo negro, se dijo a sí misma que debía recordar sobre qué versaba aquella velada. Tenía que mantener el control. Pero el problema era que se había dado cuenta de que durante los anteriores seis años había vivido una existencia incompleta. Le resultaba imposible no tener ganas de ver a Alessandro.

Cuando salió de casa, vio una limusina negra aparcada delante de la vivienda. El conductor del vehículo se bajó de éste para acercarse a ella, que se quedó muy impresionada.

–¿Señorita Meadows? –dijo el hombre.

***

Alessandro salió del ascensor y se dirigió al bar del hotel. Había llegado antes de tiempo ya que quería ver entrar a Lara. El camarero lo miró, pero él negó con la cabeza. No quería beber nada todavía ya que deseaba tener la cabeza despejada.

Miró su reloj y recordó las numerosas ocasiones en las que se habían visto en aquel mismo lugar. Entonces algo captó su atención en la puerta del bar... ella. Llevaba puesto un abrigo negro que comenzó a quitarse y él sintió una extraña sensación en el pecho. Al encontrarse las miradas de ambos, se le aceleró el pulso.

–Hola –la saludó tras levantarse y acercarse para recibirla.

La abrazó y le dio dos besos en las mejillas. Al hacerlo, las fragancias de su piel y cabello lo embriagaron. Al encontrarse las miradas de ambos momentáneamente, vio el abrasador brillo que reflejaban los ojos de Lara y sintió como le ardía la sangre en las venas.

–Ha sido muy amable de tu parte enviar la limusina a buscarme. No sé qué decir. Muchas gracias. Me ha encantado subir a una, pero, sinceramente, no era necesario –comentó ella, sonriendo–. Sólo espero que los vecinos no estuvieran mirando.

Alessandro sonrió a su vez, consciente de lo emocionado que estaba.

–Era lo mínimo que podía hacer, teniendo en

cuenta que tu casa está tan lejos. Por lo menos por el momento.

Lara lo miró a la espera de una explicación de aquello último que había dicho, pero él simplemente sonrió y asintió con la cabeza ante la barra del bar.

–¿Te apetece tomar algo antes de cenar?

–Oh... eh... ¿te importa si cenamos directamente? No puedo llegar tarde. Le prometí a mi madre que regresaría a las diez y media. Tiene que trabajar por la noche.

–Es una pena. ¿Prefieres cenar en el hotel o salir a alguno de los restaurantes del centro?

–Creo que será mejor que salgamos a buscar algún restaurante por aquí cerca –respondió ella, que no quería caer en la tentación de la cama de Alessandro, cama que se encontraba unos pisos más arriba...

–Pensaba que sería eso lo que querrías. Reservé una mesa en un restaurante que hay a pocos metros del hotel.

Lara comenzó a abrocharse el abrigo y Alessandro le ayudó a abotonar los dos botones superiores. Cuando al salir del hotel se encontraron con numerosas personas que entraban en éste, aprovechó la oportunidad para abrazarla por la cintura y apoyarla en su cuerpo. Aunque sabía que había muchas capas de ropa de por medio, se sintió muy excitado.

Le indicó al mozo del hotel que les parara un taxi ya que hacía bastante frío y, aunque la distancia era corta, lo que quería era calentar a Lara, no enfriarla...

Capítulo Diez

El restaurante al que acudieron era realmente agradable y los aromas que desprendía la cocina provocaron que a Lara se le hiciera la boca agua.

Recordó lo mucho que a Alessandro le habían gustado los restaurantes de Sídney seis años atrás y lo que ambos habían disfrutado juntos en ellos. Él le había dicho que la comida era algo de suma importancia en la vida y ella se había sentido muy sofisticada comiendo a su lado.

El camarero que los atendió los guió a una pequeña sala donde había una mesa preparada para ellos junto a dos mesas desocupadas y sin platos ni vasos.

Lara se apresuró a mirar a Alessandro, que estaba extremadamente guapo con el elegante traje que llevaba. Se preguntó si el *marchese* había pedido que tuvieran aquella pequeña sala sólo para ellos. Se quitó el abrigo y se lo entregó al camarero. Al sentir que Alessandro la miraba, se giró y pudo ver que estaba devorándola con los ojos. No pudo evitar sentirse deliciosamente consciente de su feminidad. Casi había olvidado la sensación de sentirse deseada por un hombre guapo, así como la sensación de sentirse bella, sexy y fascinante.

No comprendió cómo había podido sobrevivir tanto tiempo sin ello... sin él.

–Esto es muy íntimo –comentó cuando el camarero se marchó tras dejarles las cartas–. Perfecto para mantener una conversación seria, ¿verdad?

–Nosotros tenemos mucho de qué hablar, ¿no es así, tesoro? –respondió Alessandro sin poder evitar mirarle el escote. Entonces tomó la carta de vinos–. ¿Quieres algo para empezar? ¿Tal vez un cóctel?

Lara asintió con la cabeza y la satisfacción se reflejó en la expresión de la boca de él.

–Bien. Algo que te haga entrar en calor. Veamos... te gusta la fresa... ¿te apetece un Strawberry Kiss? No, lleva demasiado hielo. ¿Qué te parece un San Francisco...?

–Creo que simplemente prefiero champán –dijo ella.

–Pues eso pediremos –concedió Alessandro–. Pero debemos tener cuidado –añadió, murmurando–. No quiero que te emborraches, no ahora que eres madre.

–¿No pueden divertirse las mamás? –preguntó Lara, sonriendo.

–Tengo entendido que las madres pueden llegar a ser muy puritanas.

–No es siempre así. Creo que tal vez dependa de con quién estén las madres.

–¡Ah! –exclamó él, dirigiéndole una cálida mirada–. ¿Cómo está... qué nombre le pusiste? ¿Vivi?

Ella se quedó muy impresionada, pero logró sonreír y asintió con la cabeza.

—Efectivamente. Es el diminutivo de Vivienne. Ella... está bien. Ahora mismo debe estar ya en la cama. Mi madre le leerá un cuento.

—Tiene otra abuela, ¿lo sabes? —comentó Alessandro distraídamente mientras leía la carta—. Supongo que pedirás la sopa de calabaza, ¿no es así?

A Lara le dio un vuelco el corazón y no fue porque él hubiera recordado que le gustaba aquella sopa.

—No lo sabía —contestó, imaginándose a la marquesa, que sería la matriarca de una familia acostumbrada a poseer lo que era suyo.

—No te asustes, *carissa* —la tranquilizó él—. No soy clarividente, sólo un hombre con muy buena memoria.

—Me siento muy halagada.

El camarero se acercó para tomarles nota y le aseguró a Alessandro que el pescado era muy fresco. A los pocos minutos se retiró de nuevo para dar la orden en la cocina, pero regresó para servirles champán en dos copas.

—Hoy he hablado con mis abogados —dijo Alessandro una vez que estuvieron de nuevo a solas—. En cuanto me des los detalles de tu cuenta bancaria se te ingresará dinero en ella.

Ruborizada, ella frunció el ceño.

—Oh, ¿tenemos que hablar de dinero? Nunca pretendí... Esto no versa sobre eso...

—Lo quieras o no, tiene que versar sobre eso, Lara —aclaró él con una fría mirada.

—Pero... seguro que querrás hacer una prueba

de ADN antes de dar ningún paso –supuso ella–. He investigado por internet. Hay muchos laboratorios que pueden hacerlo sin que tengas que estar involucrado personalmente con... con Vivi. Te envían un equipo a casa.

Alessandro observó los nerviosos movimientos de las manos de Lara y se dio cuenta de que ésta tenía miedo de la relación que pudiera llegar a tener con su hija y de que deseaba que se alejara.

–¿Crees que no me fío de tu palabra? –le preguntó.

–Creo que es mejor que... hagamos todo como lo estipula la ley. En un futuro, cuando estés casado con tu próxima esposa y... tengas otros hijos en Venecia, Londres o donde sea, no me gustaría que tuvieras dudas.

Él se quedó mirándola en silencio con una ilegible expresión reflejada en los ojos.

–¿Y dónde estarás tú entonces, tesoro? ¿En ese futuro? –quiso saber con dulzura.

–Oh, aquí, desde luego –respondió ella, sonriendo–. Con mi preciosa niña.

–¿Qué? ¿Sin marido? ¿No quieres casarte? –preguntó Alessandro con cierta burla.

Aunque se sintió muy ofendida, Lara logró mantener la sonrisa.

–¿Quién sabe? –contestó, encogiéndose de hombros–. Tal vez todavía encuentre un marido.

Él se echó para atrás en la silla y estiró sus largas piernas.

–Sí, estaba ese tipo al que le gustabas. ¿Cómo se llamaba? ¿Bill?

–¿Quién?

–Bill, tu exdirector.

–Ah, Bill –dijo ella, riendo al recordar al pobre Bill, que llevaba casado veinte años y tenía toda una prole de indisciplinados hijos–. Sí, sí, sin duda alguna es una posibilidad –bromeó–. Está bien, Sandro, me has convencido. Me casaré con Bill. Telefonéalo. Pregúntale si le gustan los niños.

–Si quieres mi consejo, no debes apresurarte –respondió Alessandro serio–. Yo lo hice una vez y fue todo un desastre –explicó, tomándole una mano–. Pero me alegra tener esta oportunidad de estar contigo antes de que te involucres con otro tipo, tesoro.

Lara logró sonreír... aunque fue a base de mucho esfuerzo.

–Y yo debo decir que me alegro de haberte encontrado entre matrimonios.

Él se echó hacia delante y le besó los labios. Fue sólo un pequeño y sexy beso, pero bastó para volver a prender las llamas de la noche anterior y alterar completamente a Lara.

Sus primeros platos llegaron. La sopa de ella olía y estaba deliciosa. Mientras se la tomaba, hizo todo lo posible por encauzar la conversación a temas útiles. Alessandro le comentó que su trabajo lo retenía por el momento en Londres, aunque pasaba tiempo en Zúrich, Estocolmo y Bruselas. También le dijo que había vivido en Nueva York durante un par de años. No era un buen estilo de vida para ser padre ni marido.

–¿Te gusta tu trabajo? ¿El nunca echar raíces en ningún lugar? –preguntó Lara.

–Es el trabajo que he elegido –respondió él tras encogerse de hombros y tomar con su tenedor un poco de la ensalada que había pedido.

–¿Por eso tu matrimonio no funcionó? –no pudo evitar curiosear ella.

–No funcionó por falta de pasión –contestó Alessandro.

–¡Oh! –exclamó Lara, ruborizándose–. ¿Entonces por qué…? –añadió, dejando de hablar al darse cuenta de que él iba a pensar que le importaba.

Dio un sorbo a su vino y lo miró a los ojos, tras lo que se apresuró a apartar la mirada.

–¿Giulia y tú no considerasteis la posibilidad de tener niños?

–Nunca –aseguró Alessandro, negando con la cabeza ante alguna privada ironía.

–¿Fue porque tú no querías hijos… o era ella la que no quería?

Él se encogió de hombros, pero sus ojos reflejaron un peligroso brillo, una alerta para que ella tuviera cuidado.

–¿Quiere algún hombre tener niños, tesoro? Los hombres quieren mujeres y mueven cielo y tierra para conseguir a las que desean. Los hijos son la carga inevitable que ellas acarrean. La mayoría de los hombres acepta el precio si la recompensa merece la pena –dijo, esbozando una sonrisa–. Eso me han dicho.

Lara le devolvió la sonrisa… aunque se sintió muy alterada por dentro.

Aquellas palabras le habían afectado mucho a Lara. Aunque le aterrorizaba la idea de que él quisiera a Vivi, fue consciente de que no podría soportar que no la quisiera. Obviamente no quería que se llevara a su pequeña, pero se planteó qué ocurriría si Vivi necesitaba a su padre en un futuro.

Cuando el camarero les llevó los segundos platos, se fijó en lo educadamente que le habló Alessandro al joven, con la misma amabilidad que siempre provocaba que todo el mundo quisiera cumplir sus deseos. El muchacho se alejó con la emoción reflejada en los ojos.

Ella misma había sido una de esas personas hacía seis años. No había sido capaz de ocultar lo abrumada que se había sentido... lo profundamente que se había enamorado...

–¿Quieres ensalada? –ofreció entonces Alessandro.

–Por favor –respondió Lara, observando a continuación cómo él le servía lechuga en el plato–. Vi algunas fotografías de tu boda un día que estaba esperando en la consulta del doctor. Giulia es una mujer muy guapa.

Los ojos de él reflejaron una fría expresión.

–No me casé con ella por las razones usuales –comentó–. No fue algo que yo planeara. Fue un matrimonio de conveniencia. Pero se convirtió en algo muy inconveniente. Fue anulado antes incluso de que abriéramos todos los regalos de boda.

–¡Anulado! –exclamó Lara con los ojos como platos.

—La razón por la que nos casamos desapareció –continuó Alessandro, tomando un poco del delicioso bacalao que le habían servido–. Ya no tenía sentido, así que le pusimos fin.

—Alessandro –dijo ella, tendiendo una mano para tocar la de él–. Sé que los hombres no suelen querer admitirlo, pero... ¿te hirió Giulia?

—Ninguno de los dos hirió al otro –explicó Alessandro–. Fue un acuerdo mutuo sin emociones de por medio.

—Oh, ya veo –respondió Lara, asintiendo con la cabeza. Pero, en realidad, no comprendía nada.

Él pensó que aquello iba a ser más difícil de lo que había imaginado.

—Estás frunciendo el ceño, tesoro –comentó–. ¿Estás preocupada por Vivi?

—En absoluto. Está con mi madre. Sé que se encuentra en buenas manos.

—Sí, tu madre parece una mujer muy responsable. ¿Crees que estará preocupada por ti?

—¿Por qué debería estarlo? –respondió Lara, sonriendo.

—Bueno, las madres quieren que sus hijas vayan por buen camino. Si sospecha que su hija está en manos de un lobo grande y malo que quiere comérsela... –bromeó Alessandro.

Ella sintió cómo la excitación se apoderaba de su cuerpo.

—Mi madre sabe que puedo mantener a los lobos grandes y malos alejados –respondió, mirándolo provocativamente.

–¿Estás segura de que eso es lo que quieres? –provocó él con un sensual brillo reflejado en los ojos.

De inmediato, Lara sintió que sus pezones se endurecían y un intenso cosquilleo le recorría el estómago. Aunque había estado decidida a no sucumbir de nuevo a los encantos de Alessandro, la tentación había sido más fuerte que su voluntad.

–Tengo que pensarlo –contestó, mirándolo durante largo rato antes de centrar su atención en el pescado que tenía en el plato.

Muy excitada, se comió su comida y una vez que lo hubo hecho se permitió mirar abiertamente la oscura mirada de su acompañante.

–¿Entonces…? –quiso saber él.

–Sé cuál es el camino correcto.

–¿Todavía no has aprendido, Larissa? Con ciertas cosas no se puede ser correcto. Hay algunos momentos en la vida en los que se debe agarrar con ambas manos lo que se te ofrece.

Impresionada, ella se quedó mirándolo fijamente mientras se preguntaba si estaba refiriéndose a lo que había ocurrido hacía seis años.

–Bueno… bueno, ¿cómo sé que éste es uno de ellos?

Alessandro se limpió los labios con la servilleta y se levantó de la silla. Antes de que Lara tuviera tiempo de reaccionar, la agarró y la levantó de la silla.

–Así –respondió, abrazándola y besándola apasionadamente.

Ella respondió a aquella fabulosa presión, encantada al sentir la firme solidez del cuerpo de él. Mientras la ansiosa lengua de Alessandro la saboreaba, sintió que sus huesos se derretían y dio gracias a Dios de que estuviera sujetándola. Al acercarla él aún más a su cuerpo, no pudo evitar introducir las manos por debajo de su chaqueta para disfrutar del tacto de sus músculos y sentir el calor que desprendía su piel a través de la camisa que llevaba.

Alessandro profundizó el beso y a ella le ardieron los pezones debido a lo excitada que estaba. Gimió y lo abrazó por el cuello. Deseó que le acariciara cada centímetro de su cuerpo. Para animarlo, presionó el cuerpo sobre el de él y notó lo endurecido que estaba su órgano viril. En ese momento, Alessandro tomó uno de sus pechos con una mano...

–Perdón... umm... señor. Señor... señora. Si no les importa...

Al oír aquella irritante voz, Lara se apartó de Alessandro y se colocó bien el vestido.

El ruborizado camarero estaba junto a ellos mirando a la pared y tenía dos cartas en las manos.

Ella se dio cuenta de que una pareja estaba sentándose en ese preciso momento en la mesa que había junto a la suya, pareja que no podía evitar mirarlos de manera burlona.

Se atrevió a mirar a Alessandro, pero de inmediato deseó no haberlo hecho. Éste estaba devorándola con la mirada y parecía tan hambriento como una bestia en celo.

–Señor... ¿quieren tomar algo de postre?

–Denos unos minutos para decidirnos –respondió Alessandro.

El muchacho asintió con la cabeza y Alessandro, como si no hubiera ocurrido nada, le separó a Lara la silla para que se sentara, tras lo que se sentó él mismo en la suya. El camarero les entregó entonces las cartas de postre y se retiró a toda prisa.

–Creo que deberíamos marcharnos –comentó ella, muy avergonzada.

–¿Pero dónde? ¿Dónde deberíamos ir, tesoro? –respondió Alessandro.

–Bueno... supongo que a casa.

–¿A tu casa?

–¡Dios, no! –exclamó Lara, sintiendo cómo él le ponía una mano en la rodilla por debajo de la mesa. Se le revolucionó el corazón–. Quiero decir que eso sería...

En realidad estaba pasándoselo tan bien que no quería que la velada terminara. Ir a su casa supondría un final demasiado brusco.

Alessandro comenzó entonces a acariciarle la pierna y ella, demasiado excitada, intentó apartarse... pero no lo logró ya que todavía se encontraba muy aturdida debido al beso.

–Tal vez... –comenzó a decir– tal vez podríamos tomar el postre en tu hotel.

Él no sonrió, pero la satisfacción se reflejó en su sensual boca.

–Pero aquí tienen fresas con chocolate –comentó al mirar la carta–. ¿No te apetecen? –sugirió, subiendo la mano por el muslo de Lara...

–Oh, oh... quizá –balbuceó ella, separando la piernas ligeramente para darle completo acceso al centro de su feminidad. Comenzó a jadear– quizá las fresas con chocolate sean un poco empalagosas... ya que las fresas son muy jugosas de por sí.

–Oh, no, *carissima* –protestó Alessandro–. Estoy seguro de que nada, bueno, de que casi nada puede ser más sabroso.

Aturdida, Lara sintió cómo él le acariciaba delicadamente el sexo por encima de las braguitas.

En ese momento el camarero volvió a aparecer junto a la mesa y Alessandro se apresuró a apartar su pecaminosa mano y a no jadear.

–Sabes, creo que después de todo no nos quedaremos a tomar el postre –le dijo al muchacho, sonriendo.

Junto a Lara se dirigió a la entrada del restaurante, donde ella se puso y abotonó el abrigo.

–El taxi no tardará en llegar –comentó.

–¿No podemos ir andando? –sugirió Lara–. No quiero estar aquí ni un minuto más.

–Oh –dijo él, que parecía compungido–. Pensaba que estabas divirtiéndote.

Ella lo fulminó con la mirada.

–Y no quiero que te enfríes –añadió Alessandro–. Me ha impresionado lo fino que es ese vestido. He podido sentir todo bajo él, cada curva, cada hendidura de tu cuerpo.

–Necesito enfriarme –protestó Lara.

Él se rió y ella abrió la puerta del restaurante, tras lo que le dirigió una dura mirada.

–¿Vienes?

Una vez en la calle, se sintió aliviada al notar el frío en la cara… frío que pareció ayudarle a recapacitar. Aunque estaba muy emocionada de estar de nuevo con Alessandro, eran ya más de las nueve y debía regresar a casa a tiempo para que su madre llegara al trabajo. Y, además, tenía principios y responsabilidades.

Aparte, le angustió el hecho de que su cuerpo había cambiado. Aunque estaba delgada, ya no tenía la fisionomía de una jovencita de veintiún años, sino la madurez de un cuerpo de veintisiete.

Mientras caminaban a paso rápido hizo un esfuerzo por sacar temas de conversación sin importancia, como el inusual frío invierno que estaban teniendo o los escaparates de las tiendas por las que pasaban. Pero con cada segundo que transcurría podía sentir que la tensión sexual entre ambos aumentaba. Cada vez que él la miraba, sentía cómo le ardía la sangre en las venas. El beso que habían compartido había encendido un fuego que podía transformarse en un intenso incendio en cualquier momento. Y estaba segura de que no iba a poder resistirse.

Aunque había decidido no ir a la habitación de hotel de Alessandro, en aquel momento estaba dirigiéndose precisamente allí. Tal vez, si él no la tocaba, se tranquilizaría y lograría reunir la resistencia para tomar el tren de regreso a casa.

–Vamos un poco más despacio, *carissa*. Disfruta de la noche –dijo Alessandro tras unos minutos.

Lara comenzó a andar más despacio. Vio cómo

él le tendía una mano mientras sonreía y supo que se requería una mujer más fuerte que ella para resistirse a la invitación que reflejaban aquellos oscuros ojos. Permitió que le tomara la mano con fuerza y le encantó la sensación que le provocó aquel contacto. Pero sabía que debía intentar mantener la cordura antes de permitir que aquella vorágine de sensaciones la consumiera. Le dirigió una recriminatoria mirada.

–Sabes, te has comportado de una manera terrible en el restaurante –afirmó.

–Lo sé –concedió Alessandro, que parecía arrepentido–. Tienes razón; ha sido una vergüenza. Debería disculparme con el restaurante.

Dudando de su humildad, Lara decidió continuar recriminándole.

–Ha sido un riesgo muy grande. Apenas puedo creer que haya ocurrido –dijo, negando con la cabeza–. Has hecho algunas cosas imprudentes, Sandro, pero ésa ha sido la más perversa que puedo recordar.

–Puedo asegurarte que puedo ser mucho más perverso que eso.

–¿En un restaurante? –preguntó ella, escandalizada.

–Sinceramente, en cualquier lugar. En un restaurante, en una iglesia. Si tengo a Lara Meadows a mi lado, no hay límites a lo perverso que puedo llegar a ser.

–¡Vaya! –exclamó Lara, dándole un puñetazo en el brazo. Entonces, tras un momento de silencio, añadió algo–. Recuerda que dije que esto no era una cita.

–Sí, lo dijiste –concedió él, sonriendo.

–Entonces… ¿por qué… por qué me has besado de esa manera? ¿Y anoche? Lo de anoche fue un escándalo. Si la asociación de padres descubre lo que he hecho en ese patio…

Alessandro se detuvo bajo una farola y le tomó una mano.

–Sabes por qué hago estas cosas. Soy un hombre –respondió–. ¿Qué otra cosa voy a hacer? Eres tan bella, tus labios son tan seductores… Me perteneces…

–Oh, oh, vaya. La gente no puede pertenecerle a la gente. Y, además, eso no es excusa. No puedes simplemente besar a quien te gusta. Te dije que esto sería sólo una reunión.

–Una reunión de amantes –dijo él, agarrándole ambas manos con fuerza–. Somos amantes, ¿no es así?

–Lo fuimos –corrigió ella.

–Siempre seremos amantes, Larissa –aseguró Alessandro con una gran seriedad–. Y no quiero besar a todo el mundo que me gusta. Sólo a ti. Siempre, siempre quiero besarte.

–Oh, Alessandro –dijo Lara, muy emocionada–. Desearía… desearía poder creerte.

–Créeme –contestó él con firmeza, abrazándola y besándola apasionadamente–. Démonos prisa –añadió al separar sus labios de los de ella. Tenía el deseo reflejado en los ojos.

A partir de aquel momento todo fue como un sueño. Alessandro guió a Lara al Seasons y ambos subieron en silencio al piso donde se encontraba la suite de él. Ella estaba muy emocionada, pero repentinamente se preguntó qué ocurriría cuando Alessandro viera su cicatriz, cómo reaccionaría. Su cuerpo ya no era el que había sido, había pasado por un embarazo y le había dado el pecho a su pequeña durante un año. Sus pezones ya no eran tan apetecibles como habían sido. Ni siquiera sabía si recordaría lo que debía hacer.

Capítulo Once

La suite en la que se hospedaba Alessandro, aunque era la misma que hacía seis años, había cambiado por dentro. Obviamente la habían reformado a lo largo de los años.

—¿Te gustaría tomar algo? ¿Una copa de vino? —ofreció él tras quitarse la chaqueta.

—No, no, gracias —respondió Lara.

Alessandro se acercó entonces a la cama, quitó la colcha y la dejó sobre una silla. A continuación se dirigió de nuevo junto a ella mientras se quitaba la corbata y se desabrochaba el cuello de la camisa.

A Lara se le revolucionó el corazón. Podía sentir lo excitado que estaba él y la profunda conexión que había entre ambos. Todo parecía muy normal. Había estado en aquella misma situación muchas veces con Alessandro.

—He deseado tanto estar de nuevo contigo —comentó entonces él con gran intensidad.

—¿Sí? —respondió ella, sintiendo cómo un intenso fuego le recorría por dentro—. Yo también. Jamás he dejado de pensar en ti.

Alessandro le desabrochó y quitó el abrigo, que dejó caer al suelo. Lara pensó que había sido una estúpida al tener dudas. Al sentir la intensa mirada de él sobre su cuerpo, su lado apasionado y alocado se apoderó de ella.

En el momento en el que sus labios se tocaron, el fuego que estaba recorriéndole las venas se convirtió en un incontrolable incendio. Él la besó sensualmente y ella respondió con todo su ser. Disfrutó enormemente al sentir cómo le acariciaba los pechos y jugueteaba con sus pezones.

En el pasado, Alessandro había sido delicado y considerado, su fiereza masculina había estado suavizada por su dulzura. Pero aquella noche, aunque estaba siendo suficientemente caballero, estaba actuando de manera dura, firme y confiada.

Completamente excitada, Lara deseo que él aliviara el intenso acaloramiento que se había apoderado de su cuerpo.

Como si le hubiera leído la mente, Alessandro rompió el beso para comenzar a besarle el cuello mientras tomaba la cremallera de su vestido para bajarla. Una vez que lo hubo hecho, le bajó el vestido hasta la cintura. Al verla en sujetador y braguitas, la pasión se reflejó en sus ojos.

Entonces acercó los labios para besarle los pechos.

–Oh… –gimió ella, sintiendo que se le debilitaban las rodillas–. Oh…

Él le besó entonces los pezones por encima del sujetador de encaje negro que llevaba, jugueteó con ellos y los incitó hasta que Lara deseó que quedaran expuestos ante su boca…

–Date prisa –lo animó.

Deseosa de estar desnuda, se quitó el vestido, se desabrochó el sujetador y se bajó las braguitas hasta quitárselas con los pies.

Gimiendo, Alessandro le acarició los pechos y los besó. A continuación se desabotonó la camisa mientras la lujuria se reflejaba en su mirada al posar ésta en el sedoso triángulo rubio de la entrepierna de ella, que le ayudó a quitarse la camisa.

Una vez que el sexy y musculoso pecho de él quedó expuesto, Lara no pudo evitar besar y acariciar la preciosa piel aceitunada de sus costillas y abdomen.

Ambos dirigieron entonces sus ansiosas manos al cinturón del pantalón de Alessandro para desabrocharlo. Una vez que él estuvo desnudo delante de Lara, ésta sintió humedecérsele el centro de su feminidad al ver la majestuosa y orgullosa erección que tenía delante. En ese momento Alessandro la tumbó en la cama y se echó a su lado. De inmediato, tomó un preservativo de la mesita de noche y se dejó ayudar por ella a ponérselo.

–He soñado contigo –dijo, mirando la desnudez de Lara–. Así, apasionada y alocada.

Ella se quedó sin aliento. Lo miró a la cara y sintió una incontrolable necesidad de expresar el amor que sentía por él. Pero prefirió no decir nada y simplemente lo besó apasionadamente.

Alessandro la apoyó entonces en la almohada y le separó las piernas. Clavó la mirada en los dorados rizos que cubrían su sexo y a continuación se colocó sobre ella.

Expectante, Lara disfrutó de la sensación que le

provocó sentir el vello corporal de él sobre su desnuda piel.

—Abrázame con las piernas —ordenó entonces Alessandro con la pasión reflejada en los ojos.

Al satisfacer aquella exigencia, ella sintió el endurecido sexo de él sobre su húmeda vagina. Entonces, mirándola a la cara, Alessandro la penetró. Al principio se movió despacio, pero a los pocos segundos comenzó a moverse más deprisa y a hacerlo con más fuerza.

La satisfacción que embargó a Lara fue increíble. Se sintió invadida por unas intensas olas de placer que la llevaron a alcanzar un intenso éxtasis en poco tiempo.

Alessandro se vio embargado por el clímax poco después, tras lo que se apartó de ella y se tumbó sobre las almohadas. A los pocos segundos se levantó y se dirigió al cuarto de baño. Lara oyó agua correr. Entonces él regresó al dormitorio y se tumbó junto a ella.

Tras unos minutos, Alessandro se puso de lado y acarició el cuerpo de Lara con un dedo.

—Siempre me ha encantado la capacidad que tienes de responder al momento —comentó.

Sonriendo, ella se giró hacia su amante, pero al hacerlo vio la hora en un reloj que había sobre una de las mesitas de noche. Eran las once menos veinte.

—¡Oh! —gritó—. Oh, Dios mío. ¡Mira la hora! Llego tarde.

A continuación se bajó apresuradamente de la

cama y comenzó a vestirse. Un intenso gruñido interrumpió sus esfuerzos.

–Te lo dije. Tengo que marcharme –le recordó a Alessandro–. Lo siento –añadió, buscando su bolso tras ponerse el abrigo.

–*Per carità*. No puedes irte ahora. ¿Qué pasa con…? –protestó él con la indignación reflejada en la voz–. Apenas hemos comenzado. Eso ha sido muy, muy rápido. Ahora tenemos que ir despacio, debemos prolongar nuestro placer hasta que los dos estemos…

–Lo sé. Pero no puedo quedarme durante más tiempo. De verdad –insistió Lara, colocándose el bolso al hombro y girándose hacia la puerta–. Gracias, cariño –dijo entonces dulcemente, lanzándole un beso–. Ha sido… espléndido.

–Párate –espetó Alessandro, levantándose de la cama. En un segundo estuvo junto a ella–. ¿Qué puede ser más importante?

–Mi madre está esperándome. No puedo fallarle. Tengo que regresar a casa para estar con Vivi.

Él cerró los ojos e hizo un gesto de dolor.

–Oh, sí, sí, desde luego. Te llevaré en coche –contestó, poniéndose los calzoncillos.

–No hay tiempo –respondió Lara, saliendo a toda prisa por la puerta–. Tomaré un taxi. Adiós.

Pero Alessandro no se quedó satisfecho con aquello y, tras vestirse en pocos segundos, se acercó al teléfono para hablar con la recepción del hotel.

Tres interminables minutos después, corrió por el *hall* del complejo y vio a Lara esperando en la entrada justo en el momento en el que su BMW alquilado aparecía delante de ella.

–No te preocupes, tesoro –dijo, tomándola delicadamente del brazo para acercarla al vehículo–. Estoy aquí.

Capítulo Doce

–Gracias por una noche estupenda –ofreció Lara antes de acercarse a darle un beso en los labios a Alessandro. Se dio cuenta de que éste estaba desabrochándose el cinturón de seguridad–. No hay necesidad de que bajes del coche. Me voy corriendo.

Cuando estaba a punto de salir del vehículo, sintió como él le ponía una mano en el muslo.

–Quiero verla –dijo Alessandro.

Impresionada, ella se giró para mirarlo y se forzó a contestar con normalidad.

–Oh, ¿estás seguro?

–Lo estoy. Entraré contigo.

–Estará dormida –comentó Lara, embargada por un irracional terror.

Sin contestar, él se bajó del coche y a ella no le quedó más opción que hacer lo mismo. Mientras se dirigían a la puerta de su casa, se preguntó qué habría ocurrido para que Alessandro hubiera cambiado de opinión sobre ver a la pequeña. Le dio la terrible sensación de que todas sus pesadillas estaban a punto de empezar. Tras cruzar el umbral, en cuanto él la viera…

Introdujo la llave en la cerradura, pero en el último instante se giró para mirarlo.

–¿Estás seguro de que es esto lo que quieres? ¿No dijiste que preferías no saber nada de ella?

–Ya vive en mi mente –confesó él tras ver el miedo que reflejaban los ojos de Lara–. ¿Cómo puedo no querer verla?

Ella abrió finalmente la puerta y ambos entraron en la vivienda. Guió a Alessandro a las escaleras que llevaban a su parte de la casa.

Mientras subían a la planta de arriba, él sintió que se le aceleraba el pulso. Una vez allí, con el corazón completamente acelerado, se quedó apartado mientras Lara llamaba a una puerta pintada de blanco. A continuación la siguió dentro. Entraron en un agradable salón, dividido por un arco de un pequeño comedor y cocina.

–Mamá, he traído a Alessandro –dijo entonces ella.

Él se giró y vio a la madre de Lara levantarse del sofá en el que obviamente había estado leyendo a la luz de una lámpara. Cuando la mujer lo miró, pareció examinar cada átomo de su alma. Entonces le tendió la mano y le dio un cálido apretón a su palma.

–Me alegra verte, Alessandro –dijo antes de volver a mirar a su hija–. Os dejaré a solas, cariño –añadió, dándole un beso a Lara en la mejilla–. Hasta mañana.

Lara le murmuró algo a su madre y la mujer se marchó, cerrando la puerta tras de sí.

Una vez que ambos estuvieron a solas, la tensión se apoderó del ambiente.

–¿Puedes esperar aquí un segundo? –preguntó ella, dirigiéndose a una puerta que había en el salón. Regresó unos momentos después. Parecía resignada–. Vas a tener que prometerme que no vas a despertarla.

Él se dio cuenta de la ansiedad que reflejaba la voz de Lara, pero sabía que estaba en todo su derecho de querer ver a su hija. Asintió con la cabeza y siguió a Lara cuando ésta le indicó el camino. Cuando entraron en una habitación apenas se percató de la decoración; sólo le llamó la atención la camita cubierta por doseles en la que dormía una niña…

Al ver a Vivi sintió un nudo en el pecho. Estaba durmiendo de lado con la cabeza apoyada en la almohada, por lo que no podía verle la cara por completo. La lámpara que había junto a la cama iluminaba el sedoso oscuro pelo de la niña. Se quedó sin aliento.

En un momento dado la pequeña se movió y sacó un brazo por encima de la colcha.

–Está soñando –le explicó Lara, volviendo a tapar el bracito de la niña.

Tras largo rato, rato durante el que Alessandro no le quitó los ojos de encima a su hija, Lara le dirigió una interrogante mirada y ambos regresaron de nuevo al salón. Pero él no se quedó a hablar. Estaba muy aturdido y necesitaba estar solo…

Capítulo Trece

Lara se despertó tarde, embargada por la sensación de que algo irrevocable había ocurrido. Se quedó un poco más en la cama, angustiada por sus miedos.

Deseó poder saber qué planeaba hacer Alessandro. Se planteó si la curiosidad de éste por su hija habría quedado satisfecha tras verla y si se marcharía y continuaría con su vida sin preocuparse por Vivi… o por ella misma…

Muy dentro de sí supo que aquello no sería lo mejor para su pequeña.

Con respecto a ella, él le había dicho algunas cosas maravillosas la noche anterior… y habría jurado que eran sinceras, pero lo mismo había ocurrido seis años atrás. No sabía si podría creerle si le decía que la quería y que deseaba casarse con ella.

Como de costumbre, Vivi estaba despierta. Podía oír su voz por la casa. Se dirigió a darle los buenos días a su princesa, tras lo que se dio una ducha. Una vez que salió del cuarto de baño arropada por una toalla, planchó la camisa que iba a ponerse y el uniforme de Vivi. El día comenzaba como de costumbre.

En el trabajo tuvo que revisar una gran cantidad

de manuscritos de aspirantes a escritor, tarea que no le gustaba particularmente.

Sus preocupaciones no la abandonaron. Le angustiaba la idea de que Alessandro volviera a marcharse de su vida para no regresar. Pero no sabía cómo podría retenerlo. Otras mujeres parecían ser capaces de amarrar a los hombres a ellas, pero su falta de habilidad al respecto había quedado demostrada.

Mientras analizaba los manuscritos, muchos de los cuales no servían para nada, sintió cierta ansiedad al recordar la expresión de la cara de Alessandro cuando la había dejado la noche anterior. Había parecido tan frío y distante, tan alejado de ella... Deseó saber cómo se sentía aquel día. Tenía que verlo.

Era consciente de que se le estaba agotando el tiempo ya que Alessandro se marcharía en pocos días. Cuando él se montara en el avión que lo llevaría de regreso a casa, sería el final de su alegría, de su emoción y pasión. Alessandro se marcharía y ella volvería a su anodina existencia.

Acongojada, se preguntó cómo soportaría el volver a perderlo.

Al darle la vuelta a una de las páginas de uno de los manuscritos que estaba leyendo, le llamó la atención una extraña frase que había empleado el aspirante a escritor autor de aquellas líneas. A continuación tiró el manuscrito a la papelera. Se preguntó por qué no podría aprender la gente a puntuar.

Justo cuando estaba punto de tomar el siguiente manuscrito, el teléfono de su despacho sonó.

—¿Lara? —dijo Alessandro con su profunda voz—. ¿Puedo verte unos minutos?

—Claro —respondió ella con lo que esperó fuera un tranquilo tono de voz.

Pero no estaba tranquila en absoluto. Colgó el teléfono con manos temblorosas mientras se decía a sí misma que aquello se había acabado. Era el veredicto. Tras unos segundos, y evitando la curiosa mirada de Josh, se levantó, se estiró la camisa y la chaqueta, y se colocó bien la falda.

Alessandro estaba esperándola en la puerta de su despacho. Intentó descifrar la expresión de su cara, pero le resultó imposible ya que era muy controlada e inescrutable. Él cerró la puerta del despacho una vez que ella entró. Entonces le dio un beso en la mejilla.

—Buenos días, Lara.

Lara. No Larissa, ni *carissima*, ni tesoro. Ella pensó que, tras haber sido amantes la noche anterior, volvían a la formalidad.

—Dime... —dijo en voz baja con el corazón en un puño—. ¿Qué... qué ocurre?

Él le analizó la cara cuidadosamente con la mirada y a continuación bajó los párpados. Atemorizada, Lara se dio cuenta de que estaba eligiendo las palabras que iba a emplear.

—He estado pensando. Quiero conocer a Vivi —sentenció Alessandro.

—Oh... —respondió Lara, impresionada. Sintió que se le aceleraba el corazón—. Oh, bien, bien —logró añadir, consciente de que debía comportarse como una persona adulta–. Pero... ¿estás seguro? ¿Hasta dónde vas a llegar con esto, Sandro? ¿Eres consciente de...? Me refiero a que... ¿has considerado que será muy emo... emotivo e importante para ella?

Al decir emotivo se le quebró la voz y no pudo ocultar sus sentimientos.

—Estoy haciendo lo que debo hacer, *carissa* –contestó él, frunciendo el ceño–. ¿Por qué tienes tanto miedo? Lo que sucedió anoche fue profundamente emocionante para mí. Todo.

—Oh –dijo de nuevo Lara con los ojos llenos de lágrimas. Se las secó con las palmas de las manos–. Está bien. ¿Pero qué pasará una vez que la hayas conocido? ¿Te vas a marchar al otro extremo del mundo y no volveremos a verte?

—Las cosas no serán así.

—¿Cómo serán entonces? ¿No te das cuenta de que si la conoces y te marchas le harás más daño que si nunca la conoces? –insistió ella.

Una profunda impresión se reflejó en los oscuros ojos de Alessandro, que tomo a Lara por los hombros.

—¿Por qué tienes tan mala opinión de mí, Lara? ¿Por qué haría yo eso? ¿Crees que simplemente me olvidaría de Vivi?

—No lo sé. Te olvidaste de mí.

—¿Perdona? –respondió él con los ojos como platos.

En ese momento llamaron a la puerta y Alessandro soltó a Lara justo en el momento en que Donatuila abría la puerta y entraba en el despacho de Alessandro.

–Tu próximo hombre está aquí, jefe –comentó Tuila, deteniéndose de repente al ver a Alessandro con Lara–. Oh, lo siento. ¿Estoy interrumpiendo?

–Oh, no, no, no –dijo Lara, apresurándose a acercarse a la puerta–. Ya me marchaba.

Una vez fuera, se dirigió a toda prisa al cuarto de baño, donde se sentó en un cubículo hasta que dejó de llorar. Le pareció muy irónico que les hubieran interrumpido durante lo que podía haber sido la conversación más importante de su vida.

Al regresar a su escritorio, tomó el siguiente manuscrito que tenía delante y continuó con su trabajo. Casi a la hora de comer, el sonido de un mensaje en el teléfono móvil la distrajo. Supuso que sería su madre para hablar de algo relacionado con quién iba a buscar a Vivi al colegio.

Le dio un vuelco el corazón al ver que el mensaje era de Alessandro.

«Te espero en el vestíbulo».

Afortunadamente se encontraba más tranquila. Había tomado café y había tenido tiempo para pensar. Si Alessandro quería ver a Vivi, sólo podía ser algo bueno. Precisamente aquello era lo que ella quería.

Entró primero al cuarto de baño para asegurarse de que tenía buen aspecto.

Al llegar al vestíbulo de las oficinas, vio que Alessandro ya estaba esperándola. Se encontraba junto a la entrada hablando con un tipo de la sección de ventas. Al verla acercarse, su cara reflejó cierta tensión.

Ansiosa por no causar más interés del que estaba segura de que ya había despertado, ella pasó de largo sin saludar a Alessandro y salió a la calle.

Tras unos minutos, él la alcanzó.

–¿Estás bien? –le preguntó, mirándola inquisitivamente.

–Sí. Eso creo –respondió ella.

–Siento lo de antes, tesoro. Llevo intentando hablar contigo todo el día, pero la oficina no es un buen lugar para mantener una conversación. Veamos si podemos encontrar un lugar mejor –dijo Alessandro, mirando a su alrededor.

Vio una calle en la que había numerosas tiendas y cafeterías. Tomó a Lara por un brazo y la guió hasta la puerta de una floristería que había junto a un café.

–He logrado conseguir entradas para la ópera de esta noche. Pensé que tal vez te gustaría venir conmigo. Después podemos cenar juntos mientras acordamos todo.

–¿Mientras acordamos todo? –repitió ella, mirándolo con recelo.

–Sí, mi encuentro con Vivi. Sé que tienes que prepararla, pero también debemos decidir cómo y dónde debo verla, ¿no crees, *carissa*? Queremos que todo salga… bien.

Lara sintió que se le aceleraba el pulso, pero en aquella ocasión pudo controlarse mejor.

–Es una invitación encantadora, Alessandro,

pero me temo que no puedo aceptar. No... no puedo salir de nuevo por la noche y dejar a Vivi con mi madre –contestó, observando como él fruncía el ceño–. A mi madre no le importa, pero sería la tercera noche seguida que le pediría que ejerciera de niñera. Tiene que trabajar y termina muy cansada –se apresuró a explicar–. Además, apenas tendríamos tiempo para hablar. Yo tendría que regresar a mi casa después de la ópera y... Vivi necesita que esté con ella.

Alessandro asintió con la cabeza.

–Ya veo. Hay tantas razones. Bueno, bueno, desde luego que Vivi te necesita... Es una pena. Esto me pone las cosas bastante difíciles. No me queda mucho tiempo antes de tener que marcharme a mi próximo compromiso en Bangkok –reveló, mirando el reloj y apartándose de Lara.

Pero repentinamente se giró y le agarró un brazo.

–¿Es toda esta renuencia porque estás enfadada porque me casé con Giulia? ¿Por eso me acusaste de haberte olvidado?

–¿Qué? Yo no estoy renuente –respondió Lara, alterada–. Eso es ridículo. Mira, parece que no te das cuenta de que cuando eres padre no puedes simplemente dejarlo todo apartado de repente. Quiero que conozcas a Vivi. De verdad. Pero no tengo la culpa de los compromisos de tu agenda. Si simplemente apareces cada seis años, estás unos cuantos días por aquí y después te marchas de nuevo... no es mi responsabilidad, ¿no te parece?

—Así es el trabajo que hago —protestó él—. Así es mi vida.

—Bueno, pues tú mismo lo has dicho —comentó ella—. Y sobre lo de que te olvidaste de mí... desde luego que lo hiciste. ¿Qué otra cosa puedo pensar? Estabas aquí conmigo y a los cinco minutos te casaste con otra.

Alessandro se ruborizó.

—Ojalá me hubiera olvidado de ti —dijo, respirando profundamente—. Eras tú la que temías marcharte conmigo, ¿recuerdas? Cuando me casé con Giulia no esperaba que llegaras a saberlo o que te importara. Pero... como obviamente necesitas que te explique lo que ocurrió, te contaré todo. Me casé con ella porque Giulia necesitaba tener un marido.

—¿Por qué? —exigió saber Lara, sintiendo cómo un intenso dolor le traspasaba el corazón—. ¿Estaba embarazada también?

Él cerró los ojos y se ruborizó aún más.

—No... no estaba embarazada —aseguró—. Estaba atemorizada.

Ella sintió un intenso alivio que provocó que se le debilitaran las rodillas y se tambaleara. Alessandro se apresuró a sujetarla justo antes de que cayera al suelo, pero no pudo evitar que estropeara un estante de flores de la floristería.

Todavía muy alterada, Lara vio cómo la obviamente enfadada encargada de la tienda salía para comprobar qué había ocurrido y cómo Alessandro intentaba tranquilizarla. Incluso le dijo que compraba todas las flores del estante y las pagó en el acto.

Cuando la mujer entró de nuevo en la floristería para envolver las flores, él se giró hacia ella.

–Giulia tenía miedo de su exmarido –dijo.

–¿Ah, sí? –respondió Lara.

–Sí. Gino era un tipo muy violento. La había maltratado. Era una de esas... situaciones obsesivas en las que él no podía aceptar el final de su matrimonio. La amenazaba constantemente. ¿No ocurren aquí ese tipo de cosas? Giulia estaba aterrorizada. Sentía que debía vivir con alguien que la protegiera.

–Oh, pobrecita. Comprendo. Desde luego; necesitaba vivir contigo. ¿Qué otra cosa podría haber hecho? Tenía que casarse contigo. Naturalmente. Lo comprendo –se burló Lara.

Los ojos de Alessandro brillaron con intensidad y a ella le costó mantener el control ya que estaba enfurecida. Le pareció muy sarcástico que Giulia hubiera pensado en el guapo *marchese* para que la protegiera. No importaba que el *marchese* le perteneciera a otra mujer en el otro lado del mundo. Una mujer a la que le había prometido regresar. Una mujer que realmente lo necesitaba.

Pero sus palabras parecían haber despertado algo más que la curiosidad de Alessandro. El brillo que reflejaban sus ojos no era muy distinto al de la satisfacción... posiblemente incluso al de la diversión.

–¡Qué noble de tu parte sacrificarte de esa manera! –dijo sin poder ocultar el sarcasmo en su voz–. ¿Por qué no fue a la policía o a los juzgados?

–Giulia llegó a contratar los servicios de una empresa de seguridad –explicó él–. Pero Gino sobornó a su guardaespaldas y entró en su piso. Le rompió todos los huesos de la cara.

–¡Oh! –exclamó Lara, estremeciéndose–. Es horrible.

–Sí, fue horrible –concedió Alessandro, agarrándola por los hombros con una dura expresión reflejada en la mirada–. Pero no fue noble por mi parte. No me supuso ningún sacrificio. Yo no tenía nada que perder, ¿no es así, Lara? Fue simplemente un acto de amistad. Conozco a Giulia desde que éramos niños. Durante una época fuimos como... hermanos. Ella lo había intentado todo. Pensó que tal vez Gino la dejaría tranquila si creía que pertenecía a otro hombre –explicó, agarrándola con fuerza por los hombros. A continuación la soltó al darse cuenta de que estaba lastimándola–. Lo siento, lo siento –se disculpó–. Giulia conocía mi niñez y mis sentimientos hacia la violencia contra las mujeres, así que supongo que pensó que podía acudir a mí.

–Oh, bueno... Giulia tuvo mucha suerte de tenerte, ¿no es así? –respondió Lara–. Y supongo que si tú eras libre... si no tenías ningún compromiso... ¿por qué no?

Un intenso brillo se reflejó en los ojos de Alessandro.

–¿Qué compromisos sabía yo que tenía, *carissa*? ¿No eras tú la chica que necesitaba tiempo para pensar?

–Aquello no fue un no –espetó ella.

–¿De qué manera no lo era?

–Bueno… ¿por qué no podrías haber sido más…? –Lara suspiró, alterada–. Está bien. ¿Qué ocurrió cuando el matrimonio terminó?

–Su ex era piloto de carreras. Tal vez hayas oído hablar de él. Gino Ricci. Murió poco después de nuestra boda en un accidente. Conociéndolo, no fue algo tan impactante. Nuestro matrimonio fue una completa farsa. Sólo iba a durar el tiempo necesario para que Gino se olvidara de Giulia. Trágicamente, él fue un paso más allá. Cuando falleció, ya no había ninguna razón para que siguiéramos casados, así que… –Alessandro se encogió de hombros y tendió las manos.

–Bueno, pues te molestaste mucho por una farsa. Trajes de boda de diseño, la prensa invitada, propaganda sobre tu *palazzo*…

–Tienes que comprenderlo, Larissa. De muchas maneras las cosas son muy distintas en Italia a como lo son aquí.

–Sin duda. La familia Meadows no posee precisamente *palazzos*.

–Si estuviste tan pendiente de mi boda, me extraña que no te enteraras de mi divorcio. Tuvo mucha repercusión.

–Quizá perdí interés –dijo ella con frialdad–. Probablemente tenía otras cosas en la cabeza de las que preocuparme.

Él hizo un gesto de dolor y se dio la vuelta justo en el momento en el que la encargada de la floristería regresó con las flores envueltas en un bonito papel morado.

Aceptó el ramo y a continuación se lo entregó a Lara.

—Oh —dijo ella, impresionada—. Gracias.

Una vez que hubo recibido el dinero por las flores, la mujer de la tienda volvió a marcharse.

—Has mencionado tu niñez —comentó Lara—. ¿Qué has querido decir con eso? ¿Que en tu casa se sufrió violencia doméstica?

—Podría decirse así.

—Lo siento, no quería quitarle importancia.

En ese momento Alessandro comprobó la hora en el reloj.

—¿Por qué no continuamos hablando mientras andamos? —sugirió—. Tuila está esperándome.

Ella comenzó a andar junto a él, pero Alessandro guardó silencio hasta llegar al edificio Stiletto.

—Parece que todo lo que te he contado te ha despertado celos —comentó una vez dentro del centro de trabajo—. Parecías una niña pequeña celosa.

—¡Oh! —exclamó Lara, alterada—. Está bien, sí —concedió finalmente—. He sentido celos. Pero permíteme que te diga una cosa, *signor*. No han sido celos de niña pequeña. Han sido celos de mujer. Y si crees que culpaba a Giulia, estás equivocado. Te culpaba a ti. Prometiste regresar y sí, yo te estaba esperando —confesó con lágrimas en los ojos—. Te creí. Confié en ti.

—Eso es mentira. No estabas en el Centrepoint Tower. Te esperé durante tres días enteros. Te busqué por toda la ciudad. Te telefoneé una y otra vez sin obtener respuesta. Cuando fui a tu piso, lo mismo. Nada. Había otras personas viviendo allí, entre ellas un tipo que me dijo que te habías mudado a Queensland con tu novio. Con tu novio, Lara.

–¿Qué? –dijo ella débilmente, estrujando el ramo de flores entre sus manos–. ¿Estás diciendo que...? ¿Volviste de América?

Alessandro esperó con frialdad a que los ocupantes del ascensor que acababa de llegar a la planta principal salieran de éste. Entonces entró y apretó el botón para subir a su planta. Miró a Lara, que se había quedado paralizada.

–Sí –respondió mientras las puertas comenzaban a cerrarse–. Regresé a por ti. Pero tú no estabas allí

–Pero... Sandro, Sandro... no comprendes... –comenzó a decir ella al cerrarse las puertas.

Capítulo Catorce

Alessandro salió del ascensor y se aflojó el cuello de la camisa ya que se sentía muy acalorado. Intentando recobrar su habitual tranquilidad, se forzó a racionalizar los acontecimientos de los anteriores días. Le había impactado mucho ver a su hija y encontrarse de nuevo con Lara. Pero alrededor de ambas había una barrera invisible que no le permitía acercarse a ellas realmente.

Apretó los dientes y se aseguró a sí mismo que derribaría aquella barrera aunque le costara sudor y lágrimas.

Al entrar en su despacho, se encontró con la juiciosa mirada de Tuila y ambos comenzaron a analizar la lista de candidatos a director de la empresa.

–¿Qué te parece Dexter Barry? –preguntó ella en un momento dado.

–*Per carità.* ¿Estás loca? El hombre es un completo inútil.

–¿Y Steve Disney? Me gustó. Es joven, inteligente, y tiene mucho entusiasmo.

Alessandro le dirigió una fría mirada a su compañera, que se encogió de hombros.

A continuación se pasó una mano por el pelo y pensó que la velada que había planeado podría haber resultado maravillosa. Había tenido muchas ganas de planear su encuentro con Vivi.

Después habría llevado a Lara a su hotel y le habría demostrado lo fantástica que podría ser su relación.

Un escalofrío le recorrió el cuerpo al darse cuenta de que su estancia en Sídney estaba acercándose a su fin. En tan sólo unos días designarían al nuevo director general y él tomaría un avión que le llevaría a Bangkok sin haber conseguido que Lara lo comprendiera.

Ella todavía no comprendía nada.

Le angustió saber que si no hacía algo, en poco tiempo Lara trabajaría para otro tipo que se enamoraría de ella y encaminaría todos sus esfuerzos a conquistarla. Se casaría con él mientas su hija, su pequeña...

–¿Qué opinas de Roger Hayward? No estaba tan mal, ¿no te parece? Fuerte, inteligente, proactivo... –sugirió entonces Tuila.

–Tuila –espetó Alessandro–. Entérate; ninguno de esos payasos puede ser el próximo director. Ninguno de ellos.

Capítulo Quince

Cuando Lara llegó a su casa, todavía estaba muy impactada. Durante todo el trayecto de regreso después de la jornada laboral no había pensado en otra cosa que en el hecho de que Alessandro había acudido al Centrepoint Tower para esperar a alguien que nunca llegó.

Debía haber sufrido mucho. Aquello seguramente había sido muy humillante para él. No le extrañó que hubiera sido tan hostil con ella aquel primer día en Stiletto.

Lo increíble era que Alessandro todavía estuviera tan dispuesto a estar con ella. Hacía seis años debía haberla deseado mucho, pero en aquel momento... Tenía la angustiosa sensación de que había perdido la última oportunidad con él. Debía encontrar la manera de explicarse.

Después de que hubieran regresado a la oficina tras el desastre de la floristería, no había podido hablar con él. Alessandro había estado toda la tarde acompañado de Tuila y debía haberse marchado mientras ella esperaba en su escritorio una oportunidad para verlo. Si no hubiera sido porque Vivi y su madre estaban esperándola, habría ido al Seasons para buscarlo.

Era muy curioso que, al permitirse soñar con ello, podía ver lo maravilloso que sería él como padre. Si solamente pudiera evitar que subiera a ese avión que lo llevaría a Bangkok.

Se dijo a sí misma que debía admitirlo; se había vuelto a enamorar perdidamente de él. Pero en aquel momento sus necesidades no eran sólo suyas... sino también las de Vivi.

–¿Cómo ha ido todo? –preguntó Greta al ver a su hija–. ¿Algún progreso?

Lara sabía perfectamente a qué se refería su madre. Quería conocer la reacción de Alessandro tras haber visto a Vivi.

–Un poco –respondió, consciente de que la niña estaba escuchándolas–. Quiere... tener una relación más cercana. Quería que nos viéramos esta noche para hablar de ello... pero yo pensé que no sería justo... para nadie –añadió, mirando a la pequeña.

–¿Y si intento cambiar el turno? –sugirió su madre–. ¡Oh, mira lo que ha llegado para ti! –exclamó, indicándole a Lara las escaleras que subían a su piso.

Lara subió entonces a la planta de arriba mientras su hija iba delante y su madre detrás. Cuando abrió la puerta de su piso, se encontró con la primavera delante de ella. Flores. Había docenas de centros florales muy bonitos y alegres. Olía maravillosamente.

–Oh... oh...

Se preguntó cómo habría podido querer hacer Alessandro algo tan maravilloso, tan romántico, tras haber sido ella tan grosera con él en el vestíbulo del hotel.

—Es Navidad, es Navidad —dijo la pequeña, muy alegre entre tantas flores—. ¿Es Navidad, mamá? ¿Ha traído Santa Claus todas estas flores?

Lara miró a su hija y vaciló. Se dio cuenta de que aquél era un momento crucial en la vida de la niña.

—Ah... no... Bueno, en realidad... —balbuceó, tomando las manos de Vivi—. Ven y siéntate aquí, cariño. Te diré quién las ha enviado.

Un poco después, Lara se sentó en su cama con el teléfono móvil en la mano. Necesitaba hablar con Alessandro. Las flores que le había enviado debían significar algo. Al telefonear, le saltó el contestador automático.

Se levantó y comenzó a dar vueltas por la habitación mientras pensaba que tal vez él habría acudido finalmente a la ópera. Si no lo encontraba allí, iría al Seasons.

Vivi llevaba mucho tiempo dormida cuando finalmente ella subió al taxi que la llevaría a buscar a Alessandro. Se había puesto un vestido rojo cubierto por una gran *pashmina* negra. Si su madre había tenido curiosidad por saber a dónde iba, no se lo había mostrado. Simplemente le había hecho algunos agradables comentarios acerca de su apariencia.

Se sentía muy emocionada. Cuando finalmente llegaron a la ópera, pagó al taxista y se bajó del vehículo. Los asistentes a la ópera ya estaban saliendo del impresionante edificio en el que ésta se celebraba. Aunque no podía ver todas las salidas, estaba segura de que Alessandro regresaría andando a su hotel, lo que supondría que pasaría muy cerca de donde se encontraba ella.

Intentó tranquilizarse. Era importante que mantuviera la calma, que estuviera segura de sí misma.

Alessandro evitó a la multitud que esperaba en el guardarropa y salió fuera de la ópera. Hacía una noche muy fresca y el cielo estaba despejado. El deseo estaba recorriéndole las venas.

Por lo que recordaba, hacía seis años a Lara le habían encantado sus veladas en la ópera tanto como a él. Había tenido muchas ansias de aprender. Pensó que le habría encantado la representación de aquella noche.

Se dirigió andando al Seasons. Pensó que el futuro que tenía por delante no era muy halagador; más ciudades, más hoteles, más veladas solitarias. Más amistades hechas de paso. Más triunfos laborales sin sentido. Carecía de una vida a la que aferrarse.

Cuando fuera mayor se jubilaría e iría a Venecia a vivir con su madre. Lo que necesitaba... lo que anhelaba...

–Alessandro. ¿Sandro?

Al oír aquello se quedó completamente paralizado. Miró a su derecha. A no ser que estuviera alucinando, Lara estaba de pie en las escaleras de la ópera mientras esbozaba una vacilante sonrisa. Al comenzar ella a acercársele, sintió que una explosión de alegría le invadía el corazón.

—Hola —saludó Lara—. Simplemente pasaba por aquí. No estaba segura de que finalmente hubieras venido, pero pensé que si estabas... tal vez te gustaría tener compañía durante la cena.

—Durante la cena —repitió él vagamente, aturdido debido a lo hermosa que estaba ella.

—Siempre y cuando sigas queriendo ir a cenar.

—Oh, desde luego. Claro. La cena. ¡Qué suerte para mí que hayas pasado por aquí en este preciso momento!

—Debe haber sido el destino —comentó Lara, conteniendo la risa.

Cuando por fin bajó todas las escaleras y estuvo junto a Alessandro, éste sintió unas enormes ganas de abrazarla, pero el riesgo de tener una erección en un lugar público como aquél era demasiado peligroso.

—¿A dónde tenías pensado ir? —preguntó ella.

—Aquí —señaló él, indicando el edificio de la ópera.

—Oh —dijo Lara, emocionada—. ¿Recuerdas aquella noche que cenamos aquí? Ya sabes... antes...

—Me acuerdo —contestó Alessandro con firmeza, tomándole una mano—. Nunca lo olvidaré.

—Es un buen lugar para realizar planes, ¿no te parece?

Para ella, Guillaume´s era el restaurante más emocionante de Sídney. Estaba dentro del recinto de la ópera y tenía unos enormes ventanales que daban a la bahía y a la ciudad. Cuando entraron en el restaurante, les guiaron a un reservado. Allí se quitó la *pashmina* y sintió cómo Alessandro le miraba la garganta y los brazos.

—¡Oh, Dios mío! —exclamó—. Hay manteles largos.

Él se rió, pero tras unos instantes se quedó callado. Tenía un sensual deseo reflejado en los ojos.

A continuación ambos miraron juntos la carta de los vinos, pero lo cierto era que ella apenas necesitaba vino aquella noche; estaba tan emocionada que ni siquiera sabía si iba a poder probar bocado.

—Dom Pérignon, señor —dijo el camarero, mostrando la botella antes de servir el champán.

Alessandro tomó y levantó su copa.

—*Salute*.

—¡Vaya! ¿Qué estamos celebrando? —quiso saber Lara.

—El habernos encontrado de nuevo.

Ella se sintió muy emocionada. Aquellas palabras parecían un buen presagio.

—Delicioso —comentó tras dar un trago a su champán—. Me alegra tanto haberme encontrado contigo esta noche. He estado, umm… pensando —añadió, vacilando—. Realmente aprecio mucho lo amable que has sido al sugerir que elijamos un lugar adecuado donde puedas conocer a Vivi.

—Me pareció sensato —respondió él.

—¿El sábado estás ocupado? He pensado que quizá sea mejor si te presentamos en un lugar que le resulte familiar.

—¿No te referirás al patio del colegio?

—No, en el patio del colegio no —concedió Lara—.

Dios mío, ¿seré capaz de volver a entrar allí algún día sin ruborizarme?

–Será más seguro que reservemos ese lugar para nosotros –bromeó Alessandro con un intenso brillo reflejado en los ojos–. A altas horas de la madrugada –añadió, bebiéndose su champán–. ¿Estás pensando... en tu casa? ¿No sería un poco intimidante?

–Posiblemente. Tal vez tengas razón. Nuestra casa es su refugio –dijo ella–. Otra posibilidad es el parque. Lo conoce muy bien y hay columpios y juegos.

–Eso me parece mejor. ¿Habla... habla mucho Vivi?

–Cuando está contenta y cómoda es como una cotorra.

Él sonrió y se quedó pensativo.

–¿No sería mejor que hiciéramos otra cosa? ¿Pasar el día fuera, visitar el zoológico, o...?

–¿Por qué no vemos cómo marchan las cosas? Si estamos cómodos, quizá podríamos planear algo para el domingo.

La sonrisa que esbozó Alessandro iluminó toda su cara.

–*Molto bene*. No haré planes para el domingo.

Entonces vaciló durante unos segundos.

–¿Cómo... cómo vas a decírselo?

–Le he hablado esta misma tarde de ti después de que viéramos las flores. Por cierto, muchas gracias. Son preciosas.

–Era lo mínimo que podía hacer –respondió él–. Cuéntame. ¿Cómo... cómo se lo ha tomado?

–De hecho, con mucha naturalidad –confesó Lara, riéndose–. No eres tan importante como Santa Claus, pero eso es porque todavía no te ha visto. En cuanto te conozca... se dará cuenta.

–¿De qué se dará cuenta? –preguntó Alessandro, desconcertado.

–De cómo eres.

–¿Y cómo soy?

–Entre otras cosas... caliente.

Él se rió, le tomó una mano y la besó.

–Gracias por el cumplido. Lo mismo te digo.

Lara entrelazó los dedos con los de él.

–Hay algo que debo explicarte –comentó, mirándolo a la cara–. Sobre lo que ocurrió hace seis años.

La mirada de Alessandro se oscureció y ella pudo sentir que éste desprendía cierta tensión. Se dio cuenta de que lo que dijera a continuación era crucial.

–Me sentí muy mal cuando leí la noticia de tu boda; lo cierto es que pretendía verme contigo en el Centrepoint aquel día.

–¿Qué has dicho? –preguntó él, incrédulo.

–Estaba dispuesta a marcharme contigo. Tenía la maleta hecha y todo preparado. Y lo hubiera hecho... si no hubiera sido porque estuve ingresada en el hospital.

–*Per carità*. ¿En el hospital? ¿Por qué?

A pesar de su intención de mantener la calma, al ver la preocupación que reflejó la cara de Alessandro, ella sintió cómo las lágrimas amenazaban con brotar a sus ojos.

–Te hablé del verano de los incendios. Bueno, ése fue el verano.

–¿Te refieres al verano… en el que murió tu padre?

–Sí. Una vez que hicimos el pacto…

Él tomó aire para hablar, pero Lara agitó la mano para evitar que lo hiciera.

–Fue mi culpa, lo sé, lo sé –continuó–. Si supieras lo mucho que me arrepiento –añadió con voz temblorosa.

–No, no, por favor. No te disgustes. Sé que tal vez haya dicho algunas cosas impropias sobre el pacto. Tal vez haya parecido negativo al respecto. Bueno… en realidad sí que era una exigencia escandalosa, ¡una prueba increíble de la…!

En ese momento Alessandro hizo una pausa y respiró profundamente.

–Pero… –prosiguió– debo admitir que acepté las condiciones del pacto. En contra de mi opinión.

–Lo siento. Por aquel entonces no conocía la intensidad de tus sentimientos. Yo era bastante joven y no te conocía muy bien…

–Está bien, sí, sí, lo sé. No entremos a valorar demasiado los por qué. ¿Qué fue lo que ocurrió?

Lara guardó silencio durante unos momentos.

–Una vez que te marchaste, renuncié a mi trabajo y dejé mi piso, tras lo que me fui a Bindinong para pasar la última semana con mis padres. Había incendios por los bosques de alrededor, como cada verano. Pero debido a las condiciones meteorológicas, unos días antes de nuestra cita todo se descontroló. Se creó un enorme incendio que se aproximaba hacia nosotros desde el pueblo. Mi padre y yo quedamos atrapados junto a otras personas. La mayoría sobrevivimos, pero mi padre...

Con sólo recordar aquellos acontecimientos, podía oler el terrible olor a quemado y sentir el terror que la había embargado. Sintió un nudo en la garganta y esbozó un gesto de dolor.

Él se acercó y la tomó de los brazos para acariciarla y reconfortarla.

–Yo fui una de los afortunados –dijo cuando por fin pudo hablar de nuevo–. Me sacaron los bomberos.

–¿Pero resultaste herida?

–Bueno... me golpeé la cabeza y me quemé levemente –confesó, mostrándole la cicatriz que tenía en el cuello y en el brazo.

Muy impresionado, Alessandro exclamó. Lara se atrevió a mirarlo y vio que sus oscuros ojos parecían afligidos, pero no con el horror que había temido, ni con asco. Parecía realmente preocupado. La abrazó y le dio un beso en la frente, en las mejillas, y a continuación en los labios con una ferviente delicadeza.

–Oh, Lara –dijo–. Mi pobre Larissa. Si lo hubiera sabido. Si hubiera... –añadió, abrazándola con fuerza.

A su vez, ella lo abrazó a él y hundió los labios en su cuello para disfrutar de la masculina fragancia de su piel y sentir los latidos de su corazón.

–¿Cuánto tiempo estuviste en el hospital, tesoro? –quiso saber Alessandro.

–Un par de semanas. Tardé un par de días en despertar.

–*Per carità*. Podrías haber muerto.

–Oh, no. Por Dios. Tuve mucha suerte –respondió ella–. Sólo me han quedado unas pocas cicatrices –añadió cuando él finalmente la soltó–. Comparado con lo que sufren algunas personas... no es nada.

–Todo lo que me has contado me pone muy triste, tesoro. Pero, de alguna manera, al mismo tiempo es un alivio. Lo cambia todo. Saber que por lo menos intentaste... –comentó Alessandro, apretando los puños–. Si lo hubiera sabido antes. La otra noche mencionaste el incendio, pero jamás conecté ambas cosas. Deberías habérmelo explicado.

–¿Por qué? –contestó Lara, esbozando una mueca–. Tú no parecías muy contento de verme, ¿no lo recuerdas? Supongo que sentía cierta cautela de contar demasiado.

–Ah –dijo él, arrepentido–. Tengo que admitir que cuando vi tu nombre en aquella lista de empleados el primer día me quedé muy impresionado. No sabía cómo me sentiría al verte. Pero... –en ese momento respiró profundamente– ahora comprendo. ¿Cuándo descubriste que estabas embarazada?

–En el hospital.

–Oh, debió ser muy difícil para ti. Has sufrido mucho. Tu madre y tú lo habéis pasado muy mal... perder a tu pobre padre.

–Al principio fue muy duro –reconoció ella–. Pero el tiempo ha pasado y ahora estamos bien. De verdad. El tiempo es sabio y ayuda a curar las heridas. Además, teníamos que luchar por Vivi.

Alessandro la miró a la cara con un cálido brillo reflejado en los ojos.

El camarero apareció de nuevo en aquel momento con una selección de deliciosos platos.

Alessandro trató con él con su habitual cortesía, pero tenía una seria expresión reflejada en la cara. En cuanto el muchacho se hubo retirado, se giró hacia Lara para continuar preguntándole acerca del hospital, de su recuperación, y de su capacidad para comunicarse.

–Todo lo que mi familia poseía quedó destruido –explicó ella–. Incluso mi teléfono, en el que guardaba tu número. Había creído que lo recordaría, pero durante semanas después de la tragedia era como si mi mente estuviera paralizada. Apenas podía recordar mi propio nombre. Los médicos me explicaron que era debido a una combinación de factores.

–Bueno, eso explica por qué no pude contactar contigo cuando te telefoneé. *Dio*, ¡estaba muy frustrado! –confesó Alessandro, tomando los cubiertos para servir y poniéndole a Lara en el plato tortellini de trufa con salsa de langosta–. ¿Acierto si supongo que cuando te recuperaste e intentaste contactar conmigo no lo lograste?

–Así es. Cuando telefoneé a Harvard, la universidad se negó a darme ningún tipo de información. Finalmente, tras la décima llamada, alguien me dijo que ya no estudiabas allí. Me sentí tan... No sabía dónde estabas, dónde buscar. Y realmente tenía que encontrarte, como ahora comprendes...

Ella hizo una pausa y oyó cómo él maldecía para sí mismo.

–Oh, ¡qué tonto fui! –exclamó Alessandro–. Y entonces descubriste lo de mi matrimonio.

Lara se encogió de hombros y sonrió.

–Supongo que en aquellos momentos yo estaba enamorada de ti. Era mucho más joven y no tenía experiencia en aventuras sofisticadas con ciudadanos del mundo. Así que cuando leí la noticia de... de tu boda en aquella revista...

–Si yo hubiera sabido lo que había ocurrido, habría podido... habría podido... Todo hubiera sido distinto.

–¿Sí? –preguntó ella–. Oh, bueno, todo eso ya es agua pasada. Llámalo destino, o como quieras. Cuando pienso en lo que debiste sufrir cuando viniste a Sídney y yo no estaba esperándote... Oh, pobre Sandro. Lo siento tanto. Lo que debiste pensar... Y durante todos estos años he estado pensando cosas muy duras sobre ti.

Él pareció compungido y Lara creyó ver que se ruborizaba levemente.

–Pensaste cosas duras... –comentó Alessandro.

–Oh, supongo que tú también, desde luego –se apresuró a decir ella–. Realizaste un largo viaje y pensaste que yo te había fallado. Oh, aquel pacto ridículo. Me avergüenza tanto haber insistido en hacerlo. Ahora comprendo; por eso estabas tan hostil conmigo el otro día. Es normal.

–Yo no diría que estuve hostil. Tal vez… reservado. Necesitaba considerar la situación.

–Entonces… hace seis años sí que querías estar conmigo, ¿verdad? –quiso saber Lara.

Él se quedó mirándola en silencio durante largo rato.

–Creo que sí, aunque era muy joven.

–Todo es tan increíble. Apenas puedo pensar con claridad. Creo que los dos necesitamos tiempo para asimilarlo –comentó ella, preguntándose si Alessandro también querría estar con ella en aquel momento.

Él le analizó entonces la cara con su oscura mirada, tras lo que se echó hacia delante y le besó los labios.

–Lo que necesitas ahora es comer un poco. Y creo que después debemos andar.

–¿Andar a dónde? –preguntó Lara, sonriendo.

–Al Seasons…

Capítulo Dieciséis

Mientras se dirigían hacia George Street, Alessandro se maravilló ante el hecho de que en tan sólo un par de días el mundo había cambiado por completo. En poco tiempo conocería a su hija.

En un par de ocasiones durante el corto trayecto hacia el Seasons, tomó a Lara entre sus brazos y la besó apasionadamente. Cuando por fin llegaron a la puerta de su habitación de hotel, introdujo la llave en la cerradura y sintió lo erecto que estaba su miembro viril. Notó que el deseo de ella era tan tangible como el suyo. Sus ojos habían adquirido una tonalidad azul oscura que le derretía la sangre.

Pensó que no debía volver a haber más secretos entre Lara y él. La tomó en brazos y ella lo abrazó por el cuello. Entonces le quitó la *pashmina* con cuidado.

Lara se rindió ante el intenso placer de las caricias de Alessandro cuando él le hechó hacia atrás el cabello...

–Eres exactamente como te recuerdo de aquella primera vez –comentó él con el deseo reflejado en la voz–. Tan bella.

–Me temo que en realidad no –respondió ella, esbozando una mueca.

—Eres incluso más bella, tesoro —afirmó Alessandro con dulzura.

A continuación la guió a la cama y Lara se sentó a su lado mientras él se quitaba los zapatos y los calcetines. Tras hacerlo, le bajó la cremallera del vestido. Lara sintió el frío en la espalda y cómo Alessandro le acariciaba la espina dorsal, así como la cicatriz que le cubría parte del cuello y del hombro.

Se puso tensa y sintió ganas de apartarse, pero él intentó tranquilizarla.

—No, no te estremezcas.

Ella se quedó sentada muy rígida y se forzó a no reaccionar. Alessandro estuvo bastante rato acariciándole la cicatriz y, en un momento dado, comenzó a besar la rugosa piel de ésta.

Lara se quedó muy impresionada pero, al no dejar él de besarle la cicatriz, comenzó a relajarse. Pudo sentir que el deseo de Alessandro no disminuyó, sino todo lo contrario. Entonces, con una apasionada hambre, él la giró para besarle la garganta y la cara. El vestido que llevaba puesto le cayó por los hombros y Alessandro le desabrochó el sujetador y le devoró los pechos con los labios.

Después de aquello, no quedó lugar para la ansiedad. Sólo existían las manos y labios de él, sus pechos desnudos y la pasión que estaba recorriéndole las venas.

Alessandro la desnudó por completo con unas ardientes manos, tras lo que se quitó su propia ropa. Entonces la tumbó en la cama mientras le daba un profundo y posesivo beso.

Ella se quedó tumbada junto a él, emocionada al explorarle Alessandro con los dedos y lengua su desnudo cuerpo. Logró excitarla como nunca al incitarle los sensibles pétalos que tenía debajo de su triángulo rubio, primero con los dedos y después con la lengua. Gimió y jadeó, invadida por una frenética necesidad.

En ese momento él se puso sobre ella y se colocó entre sus muslos. La miró a la cara con una seria e intensa expresión reflejada en los ojos.

–¿Sabes cómo me sentí cuando no te encontré en el Centrepoint Tower? No había… ningún lugar en el mundo en el que quisiera estar. Sentí una intensa sensación de vacío. Fue tal y como lo describen; se me rompió el corazón.

Lara sintió un intenso remordimiento y amor en el corazón. Lo abrazó estrechamente contra su cuerpo. Entonces lo besó y la respuesta que obtuvo fue tan apasionada que la lujuria se apoderó de ella. Separó las piernas en una clara invitación a que la poseyera. Lo abrazó mientras la penetraba y comenzaba a hacerle el amor. Un intenso placer se apoderó de sus sentidos y alcanzó un increíble éxtasis en poco tiempo.

Más tarde, ella le hizo el amor a él. Disfrutó enormemente al sentir su aterciopelada dureza dentro de su húmedo sexo y sus músculos bajo la bronceada piel que tenía. Se emocionó al darle la vuelta Alessandro y tumbarla sobre el colchón, momento en el que consiguió llevarla a alcanzar otro intenso clímax.

Al amanecer, un satisfecho Alessandro la abrazó y se acurrucó en su cuerpo. Le encantó sentir el duro trasero de ella sobre su entrepierna. De aquella manera se quedó profundamente dormido.

Pero algo lo despertó. Sintiendo frío, se apoyó en un hombro y vio la pálida luz que había comenzado a introducirse por las ventanas.

Parpadeó y tras un momento se dio cuenta de que Lara estaba de pie, completamente vestida.

–*Per carità* –gruñó–. ¿Ahora qué pasa? ¿Dónde vas?

–Lo siento, cariño. Tengo que marcharme. Realmente tengo que marcharme. Vivi se despertará en cualquier momento. Tengo que estar en casa. Así son las cosas cuando eres padre. Lo siento.

Tras explicar aquello, ella le lanzó un beso y salió por la puerta.

Capítulo Diecisiete

El sábado amaneció despejado. Corría un poco de brisa que alborotaba las hojas que habían caído de los árboles. Lara había decidido no decirle a Vivi que iban a ver a Alessandro hasta aquella misma mañana, por si acaso la niña se preocupaba.

Ella ya estaba suficientemente nerviosa por las dos. No podía concentrarse en nada.

Greta había salido de excursión con la orquesta amateur en la que tocaba, así que Vivi y Lara tenían la casa entera para ellas.

Lara le dio la noticia de la cita con Alessandro a su hija durante el desayuno. No quería que pareciera el acontecimiento más importante de los anteriores cinco años, pero no supo si había tenido mucho éxito. La pequeña la miró con los ojos como platos, muy curiosa. Incluso tal vez un poco precavida.

–¿Es tu marido? –preguntó tras un largo minuto de silencio.

–No, no –se apresuró a contestar Lara–. Es… un amigo. Ya verás. Es un amigo muy agradable.

Alessandro salió a correr por la playa muy pronto por la mañana. Estaba un poco angustiado. ¿Qué podía decirle un hombre a una niña pequeña? Pensó que debía haberlo hablado con Lara antes, debían haber planeado alguna conversación adecuada.

Le había comprado a la pequeña un colgante con un rubí incrustado, así como una increíblemente delicada cadenita de oro para llevarlo. No supo si debía haberle preguntado a Lara antes de adquirir algún regalo.

Tras regresar de correr se duchó y se afeitó con mucho esmero. Se puso unos pantalones vaqueros, un polo y unos mocasines. A continuación se sentó para tomar el desayuno que le había llevado el servicio de habitaciones, pero sólo fue capaz de tomarse el café.

Habían acordado verse a las once para darle a Vivi tiempo de acostumbrarse a la idea, pero no demasiado. Muy nervioso, se dirigió antes de tiempo al parque y una vez allí dio un pequeño paseo. Pero repentinamente se quedó paralizado al ver a Lara junto a un estanque… con una niña de cabello oscuro a la que estaba indicándole algo en el agua.

Como si hubiera sentido su presencia, Lara se giró y lo miró. Entonces se agachó para decirle algo a la pequeña, que se giró bruscamente y tomó la mano de su madre.

Tras vacilar levemente, ambas se dirigieron hacia él. Alessandro hizo a su vez lo mismo. Al ver más de cerca a Vivi, le impresionó ver que tenía las mismas facciones que su madre, pero con su color de ojos y pelo. Iba vestida con unos pequeños pantalones vaqueros y una divertida camiseta rosa con estampado de mariposas.

Lara sintió cómo la pequeña le agarraba la mano con fuerza y tuvo que forzarse a continuar andando. Ella misma también estaba muy nerviosa. Vio que Alessandro parecía muy tranquilo. Cuando estuvieron frente a frente, lo saludó. Era un momento surrealista ya que se sintió dividida entre la casi tangible corriente de deseo que le recorrió por dentro al ver a su amante y la cercanía con su pequeña.

–Cariño –le dijo a Vivi, sonriéndole–. Éste es Alessandro.

Él se arrodilló para hablar con la niña. Sus ojos reflejaban una ternura que conmovió a Lara.

–¿Y tú cómo te llamas?

–Vivienne Alessandra Meadows –contestó la niña, tímida.

–Ah –exclamó Alessandro, sonriendo a la pequeña–. Es… es un nombre… –añadió con una controlada voz, aunque en realidad estaba muy emocionado–, mira, he traído algo para ti.

Entonces se sacó del bolsillo una pequeña caja de terciopelo rosa.

Vivi la miró con ojos curiosos y de inmediato miró a su madre.

–Adelante –la autorizó Lara, sonriendo–. Es para ti. Puedes tomarla.

Cuando la pequeña logró abrir la cajita con ayuda de su madre, se quedó mirando sin habla el pequeño tesoro que en ella se escondía.

–Gracias –le susurró Lara a la pequeña al oído.

La niña movió los labios, pero no emitió ningún sonido.

–¿Te gustaría ponértelo? –perseveró Lara.

Vivi negó con la cabeza, pero cuando su madre se ofreció a llevarle la cajita se negó contundentemente.

Alessandro se levantó y el silencio se apoderó de la situación durante unos segundos.

–Hace fresco, ¿verdad? –comentó entonces Lara para intentar romper el hielo–. Me alegra que por lo menos haga un poco de sol.

–¿No hay siempre sol en Australia? –respondió él, sonriendo. A continuación se dirigió a su hija–. Aquí nunca llueve, ¿no es así, Vivi?

La niña prefirió no decir nada y de nuevo tomó con fuerza la mano de su madre.

–Bueno... –dijo Lara alegremente– me apetece dar un paseo. ¿A ti no, Alessandro? ¿Por qué no vamos a ver lo que están haciendo los patos? Creo que hay anguilas merodeando ese estanque.

–¡Anguilas! Bueno, anguilas es precisamente lo que me apetece ver ahora –contestó él, esbozando una sonrisa de agradecimiento–. Después me gustaría descubrir si en este parque hay columpios.

Vivi no pudo contenerse a aquello.

–Sí que hay columpios –se atrevió a murmurar–. Y un tobogán.

Una vez que hubieron visto los patos y una supuesta anguila durante largo rato, se dirigieron a los columpios para que Vivi jugara hasta cansarse. Para aquel entonces el ambiente entre ellos estaba mucho más relajado. Lara sugirió que Alessandro fuera con ellas a casa para comer y él aceptó sin vacilar.

La comida fue todo un éxito, para alivio de Lara. Él no dejó nada en su plato e impresionó a Vivi al echar aceite de oliva en su pan y comérselo. Durante la sobremesa, relajada, la pequeña le preguntó si le gustaría ver a Kylie Minogie.

–¿Kylie Minogie? –repitió Alessandro, perplejo.

Lara lo miró y levantó las cejas para hacerle entender el enorme honor que le estaba siendo ofrecido, por lo que él afirmó que le hacía mucha ilusión conocer a esa persona. Cuando Vivi le mostró su querida muñeca, su madre tuvo que contener la risa ante la expresión de desconcierto de Alessandro.

–Oh… Kylie Minogie –dijo él–. Bueno, bueno, Kylie. ¡Qué guapa es!

Aunque la muñeca había perdido ya mucho pelo y no estaba muy nueva, la sentó en su rodilla mientras le servían el té. Vivi miró embelesada a la muñeca. Lara sospechó que estaba un poco celosa… ella misma lo estaba.

Una vez que arreglaron la mesa después de comer, la niña le enseñó a Alessandro algunas más de sus pertenencias… incluidas cada fotografía de la familia Meadows desde que ella había nacido. Finalmente, una divertida Lara contuvo a su hija.

–El pobre Alessandro parece cansado –le dijo a Vivi–. Necesita descansar.

–Sí que estoy un poco cansado –concedió él–. Tal vez pueda ir a tumbarme en tu cama, mami. ¿Qué te parece?

–Oh, tengo una idea mejor –contestó ella, sonriendo–. ¿Por qué no vamos a dar un paseo?

–Tendría que ser un paseo muy bueno –respondió Alessandro, esbozando una pícara sonrisa–. Ah, ya sé. ¿Qué te parece si damos una vuelta en coche y después paseamos?

Ante el entusiasmo de Vivi, las llevó a una bonita playa donde Lara y él jugaron al pilla pilla con la pequeña hasta que su madre cayó sobre la arena completamente rendida. Alessandro se sentó entonces junto a ella y ambos observaron cómo la niña inspeccionaba la orilla del mar en busca de conchas marinas.

En un momento dado, él le puso a Lara un brazo por encima y le dio un beso en la oreja.

–Así que en esto consta ejercer de padre.

–En esto consta –concedió ella–. Tienes que estar todo el tiempo pendiente. Noche y día.

Durante bastante rato él guardó silencio mientras fruncía levemente el ceño.

Angustiada, Lara se preguntó en qué estaría pensando, si estaría deseando tomar el avión que lo alejaría de Sídney a finales de aquella semana.

–Le has hecho un regalo muy bonito –se atrevió a comentar–. Algo para que pueda recordarte.

Alessandro se giró hacia ella y sus agudos ojos oscuros brillaron intensamente.

–Algo para que pueda recordar este día –corrigió con delicadeza.

Capítulo Dieciocho

Alessandro se quedó a cenar y a Vivi le impresionó mucho que insistiera en ser el cocinero.

Tras la cena, una vez que la pequeña se quedó dormida, aunque él había pretendido regresar a su hotel el deseo se apoderó del ambiente y parecía natural que se quedara a pasar la noche en la cama de su amante.

El domingo por la tarde él se había convertido ya en todo un príncipe para la pequeña. Y, aunque ésta estaba deseando que se quedara de nuevo a cenar, según fue transcurriendo el día Alessandro estuvo cada vez más callado y pensativo. Entonces informó a madre e hija de que debía regresar al Seasons para prepararse para la siguiente semana. Tanto la niña como Lara se quedaron muy decepcionadas.

Cuando se despidió de la pequeña con un beso, Lara se sintió profundamente conmovida.

Al día siguiente en el trabajo, Alessandro la llamó por la mañana para que fuera a su despacho. En cuanto la vio le dio un beso, pero a continuación adoptó una actitud muy seria.

—Hay algo que debo decirte.

—¿No estarás embarazado? —bromeó ella para ocultar su ansiedad.

–En esta ocasión no –respondió él, sonriendo–. Esta noche regreso a Italia.

–¿Qué? –espetó Lara, impactada.

Muy triste, pensó que no podía esperar nada; Alessandro no le había hecho ninguna promesa, salvo la del apoyo económico para Vivi. Sintió una gran y amarga decepción.

–¿Ya? ¿No habías dicho que... pensaba que... no ibas a quedarte hasta que tuvieras que viajar a Bangkok?

–Así era, pero las circunstancias han cambiado –explicó él–. No te pongas así. No tienes por qué preocuparte, tesoro. –añadió, abrazándola–. Sé que es muy repentino, pero hay ciertas cosas que debo hacer allí, cosas urgentes. Sólo será por un par de días. Probablemente me pase por Bangkok cuando regrese.

–¿De verdad? –preguntó ella, dubitativa–. ¿Cuando regreses aquí?

–Sí, aquí, de verdad –aseguró Alessandro–. Voy a regresar.

Al mirarlo Lara dubitativa, él frunció el ceño.

–Voy a regresar –repitió Alessandro, exasperado–. ¿No me crees?

–Está bien, si tú lo dices –concedió ella, angustiada al pensar que las circunstancias de él podían cambiar y hacer que no volviera, que se olvidara de ellas–. ¿A qué hora sale tu vuelo? Iremos a despedirte al aeropuerto.

–¿Estás segura? –respondió él, impactado–. No hay necesidad. Os veré a la dos muy pronto.

–¡Claro que hay necesidad! –espetó Lara–. Vivi necesita despedirse de su padre.

Cuando en el aeropuerto Alessandro la abrazó y besó por última vez, no pudo contener las lágrimas. Y en el momento en el que tomó a la niña en brazos, tuvo que contener los sollozos.

–Te telefonearé –aseguró él–. Te lo prometo.

Madre e hija lo observaron alejarse por el pasillo de embarque y Lara sintió una gran desesperación.

–Es una pena –comentó Greta más tarde aquella misma velada–. Era un tipo tan agradable. Tenía muchas esperanzas puestas en él.

–Va a regresar, mamá –dijo Lara.

–Oh, bueno. Si tú lo dices. Bien –respondió su madre, que no parecía convencida en absoluto.

En aquel momento Lara perdió aún más la ilusión. En el trabajo comenzó a realizar sus tareas como autómata.

–Ponte las pilas, cariño –le dijo Tuila, deteniéndose junto a su escritorio–. Él regresará. Todavía no ha encontrado un director.

El miércoles por la noche, el teléfono sonó durante la cena. Lara se apresuró a responder.

–Hola, tesoro –dijo Alessandro–. ¿Qué haces ahora mismo?

–Estoy cenando con mi familia –respondió ella emocionada–. ¿Qué estás haciendo tú?

–Ah, ¡qué pena! A continuación iba a preguntarte qué llevabas puesto. Así que… ¿está Vivi ahí?

–Sí, y está escuchando cada palabra que digo.
–Bien, así me contendré. Dile que su papá la echa de menos. ¿Tienes tu pasaporte en regla?
–¿Qué?
–Quiero que viajes a Bangkok para encontrarte allí conmigo. ¿Lo harás, Larissa?
–Bueno, tenía un pasaporte, pero… Y yo… sabes que no puedo dejar a Vivi.
–No quiero que la dejes. Tráela contigo. ¿Vendréis, tesoro?
–Pero… –comenzó a protestar Lara, invadida por la ansiedad, emoción y alegría al mismo tiempo– ¿cuándo? ¿Durante… cuánto tiempo?
–Dos semanas, tres semanas. Hasta que nos cansemos de la vida de la isla.
–De la vida de la isla –repitió ella.
–Sí. Los tres juntos. ¿Entonces…? ¿Qué dices? –quiso saber él.

Lara miró a Vivi y a su madre, que estaban mirándola a su vez a ella para intentar comprender la conversación.
–Iremos.

Cuando, cansadas y nerviosas Lara y Vivi llegaron al aeropuerto de Bangkok tras un largo viaje, Lara buscó a Alessandro con la mirada. Éste estaba esperándolas entre la muchedumbre y al verlas corrió hacia ellas y tomó a ambas en brazos.
–Vivi ¿has dormido durante el vuelo? ¿Has cuidado de tu mami por mí?

Una vez fuera de la terminal, él las guió a una limusina mientras el chófer se encargaba de sus maletas.

—Esta noche dormiremos aquí, en Bangkok —informó Alessandro cuando estuvieron los tres sentados en el vehículo—. Y mañana viajaremos a la isla.

—Una isla —dijo Vivi con los ojos como platos.

—Sí, Vivi, una isla con arena blanca y coral, y unos barquitos preciosos —explicó su padre—. Creo que incluso hay monos muy cerca.

—Monos —repitió la niña, emocionada.

Él se rió y besó a Vivi. Entonces tomó una mano de Lara.

—Os he echado mucho de menos.

—Me temo que te acostumbrarás a nuestros encantos muy pronto, *signor*.

—Precisamente, de eso se trata.

Por la noche de un día muy largo durante el que fueron a una playa en la que había unos divertidos monos, Alessandro se acercó a Lara, que estaba sentada en un sillón en el porche de la casa que ocupaban en la isla.

Le entregó una copa con una bebida rosa y se sentó en el sillón que había junto a ella.

—Vivi está completamente dormida —comentó con satisfacción.

—Los monos pueden llegar a ser agotadores —observó Lara, reposando la mano en un muslo de él.

—Debemos recordarlo para el futuro.

Ella sonrió. Durante unos minutos estuvo en silencio escuchando el sonido de las olas mientras disfrutaba de la inmensa felicidad de estar con Alessandro.

—He estado pensando, *carissa* —dijo entonces él—. Los directores que barajamos para Stiletto eran bastante malos.

—¿Todos? —preguntó Lara.

—Sí, todos. Eran demasiado jóvenes, demasiado... demasiado... la mitad de ellos parecían jugadores de críquet.

Ella se quedó mirándolo, sorprendida.

—¿Es eso algo malo?

—Podemos hacerlo mejor —respondió Alessandro, frunciendo el ceño.

—Parece como si tuvieras a alguien en mente —señaló Lara. Pero entonces lo miró y le dio un vuelco el corazón—. No estarás pensando...

—Sí. A ese personal le vendría bien una reorganización. ¿Cómo voy a confiar en uno de esos *cowboys* para que lo haga? Ésa fue una de las razones por las que viajé a Italia. Tenía que arreglar algunas cosas.

—Oh... pero eso es estupendo. ¿Te quedarás entonces en Sídney durante un tiempo?

—Me gustaría —contestó él, sonriendo—. Estaba pensando hacerlo... por lo menos hasta que Vivi termine la primaria. Entonces, si es necesario, podemos reconsiderar las cosas. Me gustaría que nuestra hija conociera al resto de su familia. Veremos cómo marchan las cosas. Hasta entonces podemos ir de vacaciones a Italia...

–Oh… así que… ¿te quedas con nosotras? ¿Definitivamente? –preguntó ella, impresionada.

–Dónde me quede en Sídney depende de una cosa –continuó Alessandro, tomando las manos de ella entre las suyas–. Estoy tan enamorado de ti, Lara, que esperaba que si pasábamos estas cortas vacaciones aquí, en familia, tú te darías cuenta de que los tres podemos estar siempre juntos.

–¡Oh! –exclamó ella. Lágrimas de alegría brotaron a sus ojos–. Sandro, debes saber que te amo. No hay nada que me gustara más.

A continuación lo besó y él le respondió con pasión.

–No, no, no me tientes –dijo Alessandro tras romper aquel sensual contacto–. Todavía no. No, hasta que aclaremos algunas cosas.

Repentinamente la expresión de su cara se tornó muy seria.

–Hay algo que me preocupa, tesoro –comentó–. Llámame antiguo, pero siento que tengo ciertas obligaciones con mi familia. Los Vincenti pueden ser flexibles con la mayoría de las tradiciones, pero hay una que es realmente… obligatoria. A nosotros, los Vicenti, nos gusta casarnos con nuestras mujeres. Es importante para mí. No tiene mucho sentido ser *marchese* si no tienes una *marchesa*. Necesito saber que estaremos verdaderamente juntos. Para siempre. ¿Lo comprendes? No quiero arriesgarme a perderte de nuevo.

–Oh… –susurró Lara con la mirada empañada por las lágrimas.

—Creo que sí que comprendo lo que estás explicándome. Claro que me casaría contigo —afirmó ella, echándose hacia delante en el sillón y abrazando a Alessandro—. Sí, sí y sí.

—*Grazie a Dio!* —ofreció él con la alegría reflejada en la cara—. No te arrepentirás, te lo prometo. Estaremos contentos juntos porque nos amamos. Vivi será feliz. Estará segura. Yo os protegeré a ambas. Todos estarán contentos. Tu madre, mi madre…

Lara asintió con la cabeza, muy emocionada y nerviosa.

Alessandro la abrazó estrechamente y le besó sensualmente el cuello. Lara miró el oscuro cielo tropical que los envolvía y dio gracias por todos los tesoros que tenía.

Deseo

¿Farsa o amor?
YVONNE LINDSAY

William Tanner, el nuevo jefe de Margaret Cole, le había ofrecido hacerse pasar por su futura esposa. Así, el magnate conservaría una granja que llevaba varias generaciones en la familia y Margaret podría proteger a su hermano. Sin embargo, ¿qué ocurriría si Margaret reconocía los sentimientos que tenía hacia su fingido prometido? Margaret era exactamente lo que él necesitaba para completar su plan: una mujer soltera, sexy... y a su merced. Lo único que tenía que hacer era mantener la relación en un terreno estrictamente profesional, algo que estaba resultando ser más difícil de lo que había esperado...

¿Quieres fingir ser mi prometida?

¡YA EN TU PUNTO DE VENTA!

Acepte 2 de nuestras mejores novelas de amor GRATIS

¡Y reciba un regalo sorpresa!

Oferta especial de tiempo limitado

Rellene el cupón y envíelo a
Harlequin Reader Service®
3010 Walden Ave.
P.O. Box 1867
Buffalo, N.Y. 14240-1867

¡Sí! Por favor, envíenme 2 novelas de amor de Harlequin (1 Bianca® y 1 Deseo®) gratis, más el regalo sorpresa. Luego remítanme 4 novelas nuevas todos los meses, las cuales recibiré mucho antes de que aparezcan en librerías, y factúrenme al bajo precio de $3,24 cada una, más $0,25 por envío e impuesto de ventas, si corresponde*. Este es el precio total, y es un ahorro de casi el 20% sobre el precio de portada. !Una oferta excelente! Entiendo que el hecho de aceptar estos libros y el regalo no me obliga en forma alguna a la compra de libros adicionales. Y también que puedo devolver cualquier envío y cancelar en cualquier momento. Aún si decido no comprar ningún otro libro de Harlequin, los 2 libros gratis y el regalo sorpresa son míos para siempre.

416 LBN DU7N

Nombre y apellido	(Por favor, letra de molde)	
Dirección	Apartamento No.	
Ciudad	Estado	Zona postal

Esta oferta se limita a un pedido por hogar y no está disponible para los subscriptores actuales de Deseo® y Bianca®.
*Los términos y precios quedan sujetos a cambios sin aviso previo.
Impuestos de ventas aplican en N.Y.

SPN-03   ©2003 Harlequin Enterprises Limited

Bianca

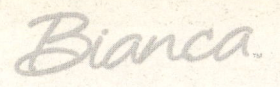

Aquella aventura tuvo consecuencias...

El magnate Loukas Christakis había aprendido por las malas a no confiar en las mujeres. La única que le importaba era su hermana pequeña, que estaba a punto de casarse. Y por eso permitió a regañadientes que Belle Andersen, la diseñadora del vestido de novia, se instalase en su isla privada a confeccionarlo, ¡para poder vigilarla!

Pero la inocente y trabajadora Belle resultó ser una inesperada tentación para Loukas. Lo que se suponía que iba a ser una breve aventura, tuvo consecuencias. Y, tal y como Belle estaba a punto de descubrir, Loukas iba a hacer lo que fuese necesario para conservar lo que sentía que era suyo...

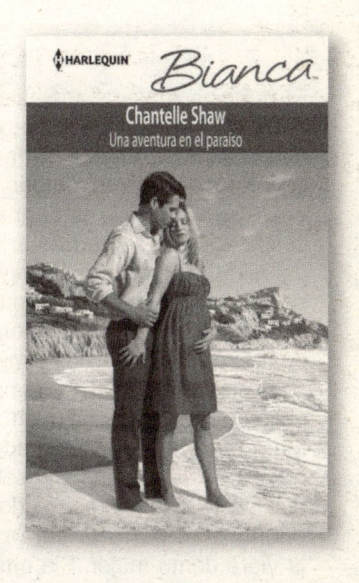

Una aventura en el paraíso

Chantelle Shaw

¡YA EN TU PUNTO DE VENTA!

Deseo

La rendición del jeque
OLIVIA GATES

El príncipe Amjad Aal Shalaan pretendía recuperar unas joyas que le habían robado a su familia y sospechaba que el ladrón era Yusuf. Para ello esperaba la celebración de la carrera anual del reino, pero cuando la princesa Maram, hija de Yusuf, apareció en sustitución de su padre y destrozó los planes de Amjad, éste montó en cólera y la convirtió en rehén de su pasión. Maram siempre había amado a Amjad en la distancia y sabía que se le había presentado la oportunidad perfecta para que la viera como mujer. Sin embargo, ninguno de los dos estaba preparado para lo que ocurriría después de sus días de amor.

¿Se rendiría el príncipe ante la bella Maram?

¡YA EN TU PUNTO DE VENTA!